be **Bold** or *Italic* never Regular

設計沒有標準答案，但可透過**條件與限制**，推敲出適不適合

簡介 ——————————— 致力將平面設計落實於生活中，服務內容包含品牌整合規劃、活動視覺統籌、包裝設計、書籍與專輯裝幀設計等…。
作品風格貼合當代生活，希望與大眾產生共鳴。

Devoted to fulfilling life-centred design, (a)-step-studio is praised for its design integrations and practices of branding, event, package, book, music, and other content carries. The team's works have been reflecting not only a contemporary trend of thought but also resonating with the public.

astepstudio.tumblr.com

找到自己
的
力量

原來一步比我想像中的還要長，也比我想像中的還要久。

這本作品集，想分享的是在這十年的過程中，所接觸的案例，分類後發現，平面設計的細分項還有這麼多種。如果從一開始就全盤認識到，也許在大家接觸的時候，可以更放大感受，有沒有自己特別喜歡或感興趣的面向。

想透過這些工作經驗，將自己累積的養分，跟大家分享，在碰到不同類別及接案的過程中，可能要留意的事情。能找到自己想走的方向，是一件幸福的事。

整理的過程中也發現，雖然我們的「風格」，不是所謂的畫面上的「風格」。而是關注的面向和喜歡執行的類別，都跟大眾有許多關聯，希望大眾感受到微小的差異，就是平面設計能帶來的力量。希望用平面設計，改變台灣。

回頭看也感謝自己年輕時對設計的熱情，我把我的熱情都給平面設計了，希望你們也會喜歡。

Contents
目錄

(a) book&layout
書封及內頁編排設計

台北挑剔指南
編輯這種病
Instant/Film：周信佐寫真
NO.GINO
漫畫歐文字體的世界：
零基礎秒懂，像認識新朋友一樣，入門 25 種
經典字體
萬能打工雞：奧樂雞的大逃亡
不在一起不行嗎？
膽小別看畫 I II III IV
乾杯行事曆
膚下之血：亞歷山大・麥昆，一位天才設計
師的誕生與殞落
華航 CSR 企業社會責任報告書
國文課本
風起臺灣 Be Sky Taiwan：
我想從老鷹的背上俯瞰全世界，發現臺灣
起行台南
花蓮縣聯絡簿
東京再發現 100+：
吳東龍的設計東京品味入門指南

(a) DM / card
摺頁、卡片

金馬邀請卡
高流文宣摺頁
總統府紅包、賀卡 牛年
台灣有力 虎力福氣
臺東縣政府賀卡
HOPE

(a) print
印刷加工與紙張樣本

開數表
beshasha 印刷白 樣本
kishishi 印刷金 樣本
omama 印刷黑 樣本
元素紙樣
里紙紙樣
天上聖母六十甲子籤
觀世音菩薩 燙透紙
天上聖母 電繡版
CMYKOGV 七色演色表
Stickers ON IT! 貼紙展
成為光 感光油墨
Equal right for all 紫外線印刷
監視紫外線海報 X 饒志威
香味印刷水果月曆

(a) goods
周邊商品

undersea
新北制服外套
彩虹旗子／啤酒袋／徽章
PEXUP 內褲
fng×台北霞海城隍廟
fng×北港武德宮武財神
新光三越週年慶
總統府抱枕
愛這世界 演出周邊
花的紀念日
太空備忘記 演唱會周邊
貨櫃包
東東京京包

(an) exhibition
展覽

30 graphic designers in TAIWAN
平面設計的形狀
元素展—基礎印刷教育
天書黃金屋
未來壽司
人生紀念品
高雄設計節 兒童 \ grow up /

常見的平面設計服務內容

Type
1

企業品牌識別

Type
2

活動品牌識別

Type
3

活動主視覺
視覺形象規劃設計

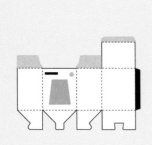

Type
7

包裝設計

Type
8

摺頁、DM

Type
9

吉祥物設計

平面設計的類別眾多，從品牌識別、活動識別、活動主視覺、主視覺延伸應用、書封及內頁編排、專輯設計、包裝設計、摺頁、DM、吉祥物設計、周邊商品、指標系統、資訊圖表設計、UI介面等…。
希望透過本書，跟大家分享細分類後，探索自己更感興趣的項目，也帶大家認識每個項目在執行時，稍微要注意的地方。

Type
4

形象廣告
社群貼文延伸應用

Type
5

書封設計
及內頁編排設計

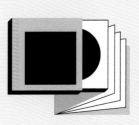

Type
6

專輯設計

Type
10

活動或記者會
周邊禮贈品

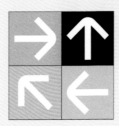

Type
11

指標系統

Type
12

資訊圖表設計

RUNDOWN
設計執行前的溝通流程

step
1

活動主題

活動主題方向,深深影響著企劃概念,主題明確才能使大家往同一個方向前進,進而讓消費者／觀者吸收資訊。

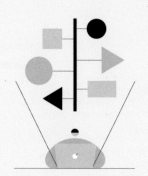

step
2

企劃概念

企劃概念甚為重要,設計的發想脈絡,依照企劃執行,是整個專案的精髓。

了解概念及方向也以利判斷案件類型是否適合承接。

step
3

了解預算

預算包含**設計預算**及**製作預算**,設計預算以委託內容項目評估,製作預算可能是印刷物或其他周邊禮贈品,因印刷材料、紙質、製作物材料、印刷溝通…等,皆涵蓋工作內容範圍,所以最好告知預算及製作數量,讓設計師可以更好進行設計的構想。

step
4

了解專案時程規劃

專案時程規劃包含**設計時程、來回修改校稿、發印時程**或**製作延伸製作物時程**。專案要製作到的複雜程度,時程有很大的密切關係。了解專案時程,亦能讓設計師判斷設計可執行的複雜程度。

溝通及設計的方法沒有標準答案，只能在有限的限制與條件下，推敲出適不適合。但在設計執行前需瞭解客戶所想要執行的方向，必須從釐清主題、企劃概念開始，甚至一開始就需要了解製作的預算，才有辦法想像設計是否能在預算內執行、時程當然也是很重要的考慮因素。

step
5
簽約報價

簽約內容包含製作內容、規格、專案期程、款項交付比例、修改次數、檔案交付等……。
規則明定清楚，有利釐清雙方口頭溝通造成的誤解。

step
6
執行

專案執行前，溝通清楚雙方需求，舉例來說甲方需備妥案件的文字資料、訊息、內容，應儘量避免在未準備好資料之前，就開始執行，因所有元素皆會影響設計結果。
而乙方也可抓製作時程告知甲方，以利下一步進行的時程順利。

step
7
送印

送印時間的拿捏，依照其作品加工複雜程度決定，時間掌握好，避免交期來不及。

step
8
結案

檔案交付或結案報告書完成。

ESTIMATE
估價時的考慮要素

開案費

專案開啟時的必要成本,例如溝通及討論時間成本。
就像是請水電到家裡維修,出門一趟也需要花時間。

專案時程

專案進行時的時程、規模、層級溝通來回等時間,亦影響著專案執行的費用。

設計執行方式

客戶是否提供素材?或另以其他如插畫 / 影像等方式製作,甚至插畫細節、影像美術設定細節等等,都影響著成本花費考量。

策略及企劃

依照設計專案執行規模,有些包含企劃或策略階段,有些則直接進入執行階段。
若包含企劃擬定方向開始,費用則會增加這部分的規劃與討論。

設計品項複雜度

條列製作項目清單時,可附註此版本報價為所列製作項目之報價,如製作項目 / 範圍 / 期程等條件有所異動,須由雙方重新議定報價。

設計執行方式

客戶是否提供素材?或另以其他如插畫 / 影像等方式製作,甚至插畫細節、影像美術設定細節等等,都影響著成本花費考量。

以往大家都用設計製作品項詢問報價，但其實無論承接了大或小的專案，都還是會有些固定成本，早期在網路上查詢設計報價參考的時候，是以尺寸大小與完稿作業的方式，但一直無法理解為什麼是這樣計算，執行比較小的版面，花的成本也未必小於比較大的版面，於是想跟大家分享，收費方式與合理參考的方式如何進行。

專案進行間，成本可能包含營運成本（人事成本、租金、水電費、軟硬體設備等…。）、溝通、專案時程、執行內容複雜度，當然沒有一定的結果，因為每個人的成本和價值都不相同，但有了一些方向讓大家思考，可能會碰到什麼情形，而影響收費的多寡。

修改次數

修改次數無一定業界規定範本，需雙方溝通清楚，若超過以合約雙方之協定，按比例給予相對之金額。

印刷監督或建議

依照客戶專案性質，是否提供監督看印、給予印刷／紙張／加工／材質等建議。

商品照拍攝

作品完成後，是否協助商品照拍攝？拍攝方式為何？後續宣傳是否可提供使用。

行銷宣傳

專案是否包含行銷宣傳之費用。包含貼文、下廣告、記者會出席等後續協助行銷宣傳之方案…。

授權時間與應用範圍

專案是一次性買斷還是年約？可應用範圍還是後續甲方可自行應用。

其他

雙方另訂協定之需求。

253 收費原則

保障最後未結案，仍需支付費用，故甲方需做好設計師調查、特質、調性等研究之工作。

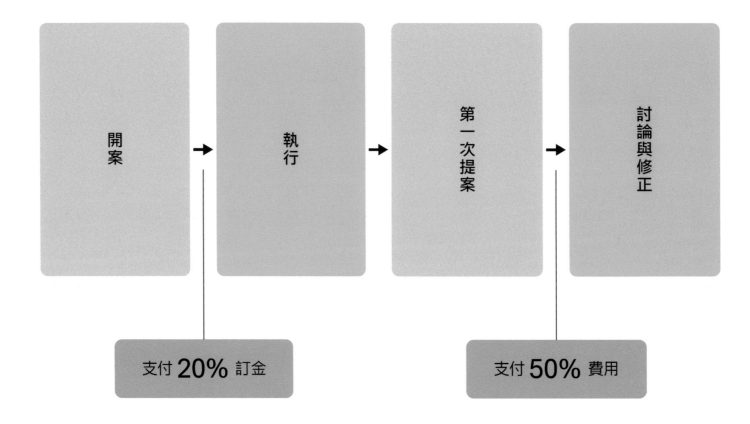

開案　→　執行　→　第一次提案　→　討論與修正

支付 **20%** 訂金　　　　　支付 **50%** 費用

為保障工作所花費的必要成本，確認開案後因先支付20%訂金，在完成第一次提案後支付50%的費用，通常修改次數（微調）至多三次（實際依雙方協定為原則），若超過依協定的比例原則增加修改之費用。

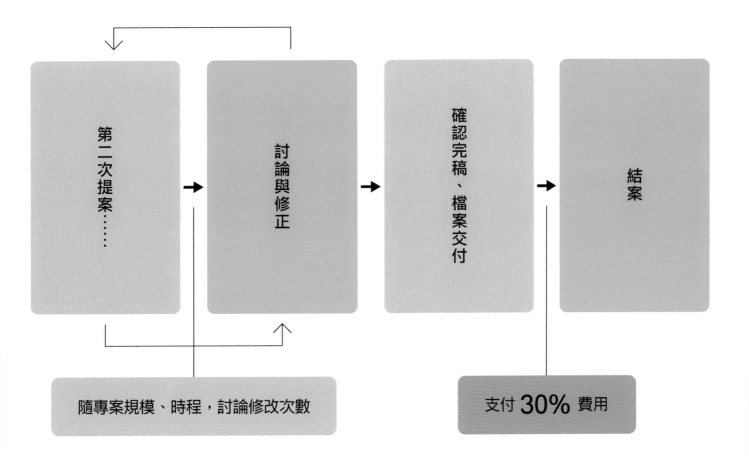

第二次提案……

討論與修正

確認完稿、檔案交付

結案

隨專案規模、時程，討論修改次數

支付 **30%** 費用

Contract
合約參考範本

立約人　　OOOO 有限公司（以下簡稱甲方）
一步工作室（以下簡稱乙方）

本合約書為甲方委託乙方進行＿＿＿＿＿＿＿＿＿＿ 設計（以下簡稱本專案） 相關
事宜，雙方合意共同遵守下列各條款：

第一條｜專案內容

一、乙方接受甲方之委託，協助甲方進行本專案 ＿＿＿＿＿＿＿＿＿＿ 設計。

第二條｜合約時程

一、本合約有效期間為西元 OOOO 年 OO 月 OO 日起，至 OOOO 年 OO 月 OO 日止。
乙方應於本合約有效期間屆至前，完成全部工作項目之交付。

二、若因甲方之臨時決策調整或其他非可歸責於乙方之情事，導致乙方工作無法進行或延
誤，前項作業完成時間應予以展延，展延之有效期間應由雙方議定之，並應以書面交
付雙方留存，以為憑證。

第三條｜專案費用

本專案費用共計新臺幣 OOOO 元整 (含稅金額，以下皆同)。
本專案共分二期支付：

一、第一期款：合約簽訂後，乙方可立即開立發票向甲方請款。甲方應於收到乙方發票後，
於 OO 個工作日內支付第一期款新臺幣 OOOO 元整（含稅）。

二、第二期款：本專案全部工作項目均驗收完成後，乙方可開立發票請款，甲方應於收到
乙方開立之發票後，於 OO 個工作日內支付第二期款新臺幣 OOOO 元整（含稅）。
倘甲方書面指定之服務內容超過本合約第一條專案內容（包含專案報價單）所登載之
範圍時，其額外服務之收費應由甲乙雙方另行議定。惟任何須收取本專案費用以外費
用之服務，均應由乙方事先以書面提出報價並經甲方書面同意後，始得執行。

第四條｜驗收交付

一、乙方交付項目如下：
第一階段：OOOO 年 OO 月 OO 日，繳交內容由甲乙雙方協定而成。
第二階段：OOOO 年 OO 月 OO 日，繳交內容由甲乙雙方協定而成。
第三階段：OOOO 年 OO 月 OO 日，繳交內容由甲乙雙方協定而成。

第五條｜著作權歸屬

一、乙方依本合約所完成之一切工作成果（下稱本著作），以甲方為著作人，且其著作權
（包含著作人格傳作財產權）及其他智慧財產權利（包括但不限於：專利申請權 / 專利權、
商標申請權 / 商標權、營業秘密等）均歸屬甲方享有。乙方得保存設計團隊作品以備參考
或未來教學、展示之用；甲方同意設計團隊可將之列入客戶名單，並提出本件設計成品以
供參考或展示。

第六條｜保密約定	一、乙方明瞭本合約所稱之營業秘密，係指甲方所有列為內部參考、限閱、機密或經以類似用語宣示或標示，或經甲方已採取合理保密措施之一切商業、技術、生產或業務上尚未為大眾所熟知之一切信函（包含甲乙雙方以電子郵件或其他通訊方式就本專案所為之書面或口頭之討論或溝通內容）、計畫、合約、流程、名單等文件資料、產品及其他具有商業、財產或潛在經濟價值之物或權利，或公司依合約或法令對他人負有保密責任之他人之營業秘密。
	二、乙方於合約期間及合約合約終止後，對於合約期間所知悉、接觸、創作、開發或持有之營業秘密，同意保持其機密性，除為甲方職務所需之正當使用外，非經甲方事前同意，不得洩露、告知、交付或移轉予他人，或對外發表，或為自己或他人使用該營業秘密。

第七條｜侵害之禁止	乙方保證就本專案之履行（包含但不限於所交付之工作項目），絕不非法使用或以任何方式侵害他人之專利、商標、著作權、營業秘密或其他智慧財產權、或其他權益，並不得將他人未合法授權之營業祕密揭露予甲方或唆使甲方使用。如有違反，乙方應自行負擔一切法律責任。若因此致甲方涉訟或受有損害時，甲方得逕行解除合約並向乙方請求因此所生之一切損害賠償，前述之損害賠償包括但不限於甲方所應承擔之罰金、罰鍰或第三人之賠償責任，以及甲方或其所屬人員（包含甲方之董事、監察人、受任人或受僱人）因本合約涉訟而支出之律師費及相關之法律諮詢費用。

第八條｜解除及效力	一、乙方如有違反本合約第七條或其他相關法令規定時，甲方得不經通知逕行解除本合約。
	二、除本合約另有規定外，乙方如有違反本合約第二條第一項、第四條第四項或其他規定時，經甲方書面通限期 14 日改正而未改正或無法改正者，甲方得不經通知逕行解除本合約。
	三、本合約條款如有部分嗣後依法認定為無效時，不影響其他部分之效力。乙方已詳細審閱本合約之內容，並對條文含義充分瞭解，始簽署本合約。
	四、本合約第五條、第六條與第七條之義務，不因本合約之解除以而失其效力。

第九條｜ 準據法及管轄法院	本合約以中華民國法律為準據法。如因本合約涉訟時，雙方同意依誠信原則處理。如仍有訴訟之必要者，雙方同意以臺灣臺北地方法院為第一審管轄法院。

第十條｜其他	超過修改次數另以比例計算費用。

立約人	甲　　方： 負 責 人： 統一編號： 地　　址：	乙　　方： 負 責 人： 統一編號： 地　　址：

簽訂日期

條列項目後的估價單，備註上可說明「以上報價為整體製作費用，若有增減項目，另計費用。」（原因是就像是客戶詢問買一千個碗的單價多少錢？但最後卻只買一個的話，整體給的優惠費用和一個的單價是不一樣的。）有些時候會碰到客戶列出了一堆項目之後，後來又說要砍製作項目，那單價就會有所調整。

要說清楚費用有沒有含稅價格，確保雙方訊息頻率相同。

可以在估價單的時候，就先稍微列出費用給予的比例原則，有白紙黑字還是比較有保證的。

estimate

估價單

---

client 客戶單位名稱

品項	規格	費用

金額

稅額

總額（稅）　　　　　　元整

聯絡人：田修銓　電話：0987-654321　信箱：tien0331@gmail.com

銀行：第一銀行(007) ○○分行　戶名：一步工作室　帳號：000-00-00000

2023.10.25

※確認委託後，需先支付款項20%後，開始執行設計，提案後支付50%款項，
結案後支付剩下30%款項。

(a) step 一步

(a) logo&logotype   標誌與標準字

BeBOH

iNAKATA

淡海輕軌

NIGHT MARKET XIZHI
汐止觀光夜市

undersea
LIUQIU

studio ordinary
平凡　製作

tripTaiwan

阿娘尾牙

台灣味市集
TaiwanWay

台灣
小鎮漫遊
Taiwan
Small Town Rambie

上弦鋼琴
Shang Xian
PIANO

D°
Degree

幸福設計
在臺南
Design for Happiness

TOKYO

Youth
Innovative
Design
Festival

青春
設計節

PLACE of
REHEARSAL and
EXPERIMENT

設計排練所

台灣犬貓
公益血庫推動協會
Resource-Friendly Blood
for Dogs and Cats

all gender
accommodation
性別友善旅宿

graphic design
L A B

the
SAVORY SOUTHWEST
鹹味浪潮

竹本
草堂

A 20-YEAR RETROSPECTIVE
of the
TAIPEI FILM FESTIVAL
- 台北電影節20印記 -
BREAKING THE RULES
顯影。破格而出

THE
MetroVillage

YAHOCHOCO
-MATSU-

JUJI

HOKI

HOKI

LEPAU

大伯
豆花
DABO
DOUHUA

DOMO
HOTEL

無 一 設 計

PINGLIN

bluewaves®
T3

TOKYO

V
縱谷百選
SELECT
100

新竹市
鐵道藝術村
HSIN CHU CITY
ART SITE OF RAILWAY WAREHOUSE

LaBinGoo

小隻餐盒
SAYJA

初米好食
CHOOSE ME
CLOUD KITCHEN

無米低碳
WOO ME

GUANG

CHAFADO
椿華堂

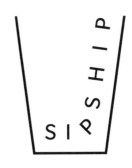

SIPSHIP

微笑山線
SMILE TRAILS

壹號線
Studio S

SAIDESSERT

SELECT

CAFE
JellyJelly

TAIWAN
臺灣

(a) branding 品牌識別

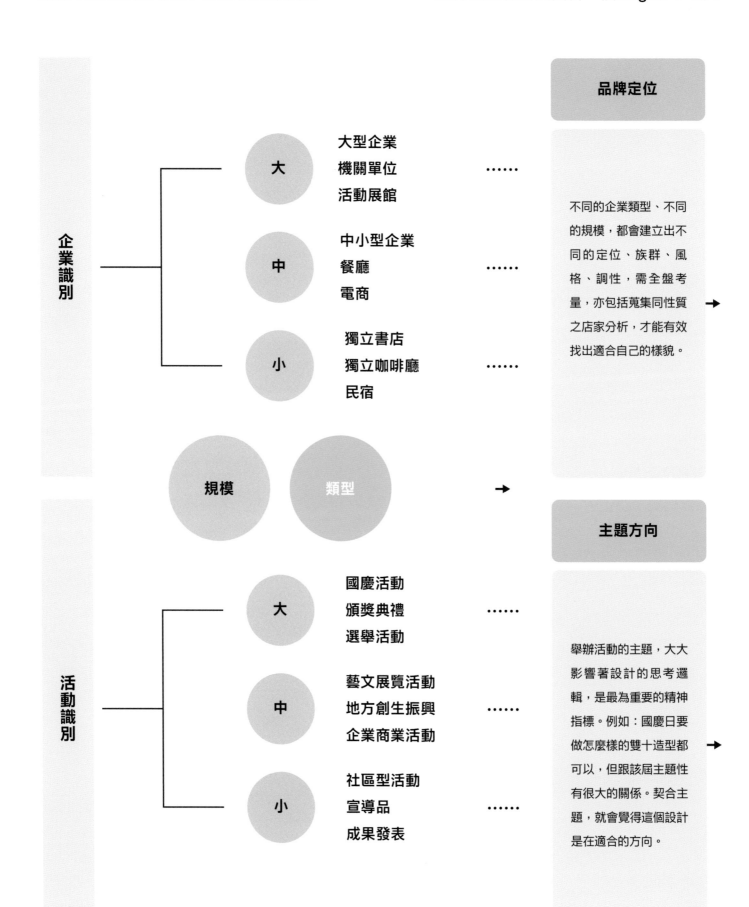

品牌定位

不同的企業類型、不同的規模，都會建立出不同的定位、族群、風格、調性，需全盤考量，亦包括蒐集同性質之店家分析，才能有效找出適合自己的樣貌。

企業識別

大	大型企業 機關單位 活動展館	……
中	中小型企業 餐廳 電商	……
小	獨立書店 獨立咖啡廳 民宿	……

規模　　類型

主題方向

舉辦活動的主題，大大影響著設計的思考邏輯，是最為重要的精神指標。例如：國慶日要做怎麼樣的雙十造型都可以，但跟該屆主題性有很大的關係。契合主題，就會覺得這個設計是在適合的方向。

活動識別

大	國慶活動 頒獎典禮 選舉活動	……
中	藝文展覽活動 地方創生振興 企業商業活動	……
小	社區型活動 宣導品 成果發表	……

設計的結果沒有標準答案，方法輔助案子的思考及邏輯的推進，僅供參考

因不同規模的企業或活動，影響到後期應用的廣泛程度，牽扯考慮的範圍不盡相同，盤點整理的時間與花費的時間精力也有所不同。

品牌理念	延伸應用之廣度	延伸製作品項	預算
經營理念是讓支持的消費者，知道自己支持的品牌信念，與自己相不相符，若能有效讓消費者覺得理念一致，也能對品牌印象加分許多。 →	每種類型企業，會因為規模不同，延伸出來的周邊應用廣度就不盡相同，要考慮到的細膩程度也就不同。 →	因應規模及企業類型的不同，品項所延伸的範圍也就不同。思考標誌應用在其延伸製作物時，可能應用的材料或加工，也可能會影響標誌細節的設定及結果。 →	預算指的是所有製作項目盤點出來之後的預算，並非單指設計費用。印刷或製作，和設計的思考是一同進行的，並非先做設計再想製作，所以先了解預算相當重要。

目標對象	特色	延伸製作品項	預算
例如馬拉松活動，有的專門舉辦給跑者，有的強調團隊精神，整體設計是要給人家帶來專業感，還是輕鬆參與的感覺，不同的對象，也影響著設計的成果。 →	很多活動都是歷屆舉辦，不管一年一次還是兩年一次，但每屆都要有一個被人家記得的特色，所以在製作時，用一個特色串起記憶點這件事，是我在做設計時會考量的。 →	活動要製作的延伸項目有的多，有的少，所以在溝通時，全盤了解後期使用情況，是很重要的一環，盤點得越透徹，才能思考的更全面，在不同大小製作物時，能不能夠被更好的應用及識別出來。 →	先了解預算，才能夠想像，在製作項目時要用的材料及印刷，是否挑選紙質？或用不同的印刷方式表現？或是要怎麼樣節省預算的方式下，仍保留其特色？所以了解預算不只在設計層面，在製作費用的考量，也是相當重要。

從重新認識自己開始

1
盤點
目前的所有現況

重新檢視品牌歷史脈絡、內部人員及消費者對於品牌認知、現有產品印象等…盤點目前的情況。

2
分類與整理

將產品分類清楚，也讓消費者清楚不同的產品線，但仍能識別出品牌樣貌。

3
競品分析

同性質的產品類別也列入分析觀察，因消費者做選擇時，可能因為通路、平台而容易被比較。

4
品牌定位

以策略方式找出自己的主要消費族群、目標、習慣等…。

建立品牌形象

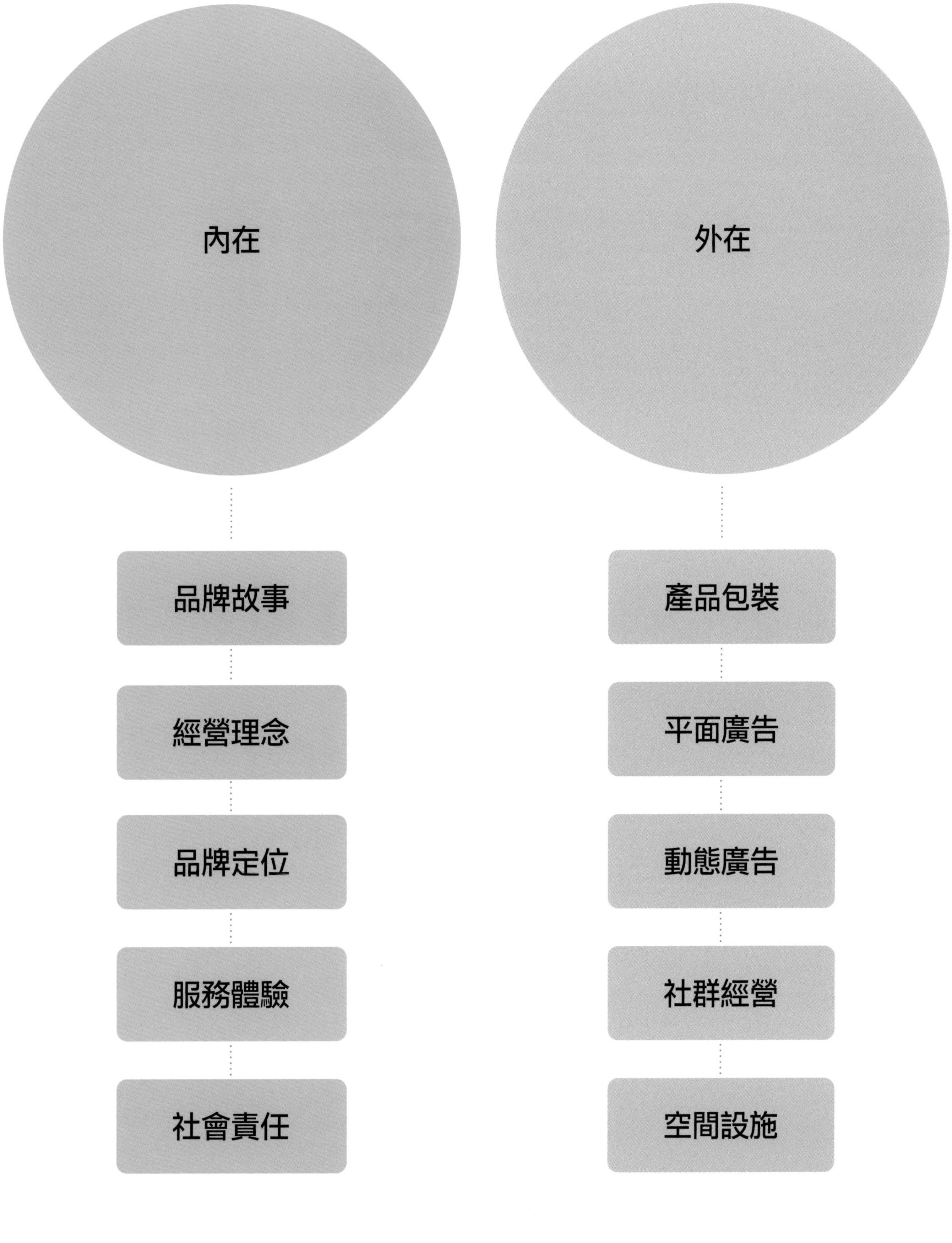

內在

外在

品牌故事

經營理念

品牌定位

服務體驗

社會責任

產品包裝

平面廣告

動態廣告

社群經營

空間設施

高雄輕軌
KAOHSIUNG
LIGHT RAIL TRANSIT

高雄輕軌
KAOHSIUNG LIGHT RAIL TRANSIT

KLRT

高雄輕軌

KLRT

高雄輕軌 KAOHSIUNG LIGHT RAIL TRANSIT

KAOHSIUNG LIGHT RAIL TRANSIT

以輕軌車頭圓弧造型及輕軌環狀運行方式做為發想概念

廁所
Toilets

無障礙設施
Accessible

孕婦
Pregnant

年長者
Elderly

行動不便
Injured People

抱小孩者
People Accompanied
with Children

景點
Attractions

歡迎導盲犬
Service Dogs Welcome

寵物專用箱
Pets in Bag Allowed

公園
Park

公車轉乘處
Bus Transfer

腳踏車租賃處
YouBike

請握緊把手
Please hold the handrail

乘車請刷卡
Please Tap Card
while Boarding

禁止進入
No Enter

滅火器
Fire Extinguisher

車窗擊破器
Break Glass Hammer

注意安全
Caution

禁止飲食
No Food

禁止吸菸
No Smoking

禁持危險物品進入
No Dangerous Goods

請勿倚靠車門
Do not Lean on Doors

請勿跨越柵欄
No Climbing

小心月台間隙
Mind the Platform Gap

KAOHSIUNG LRT ROUTE MAP
高雄輕軌營運路線

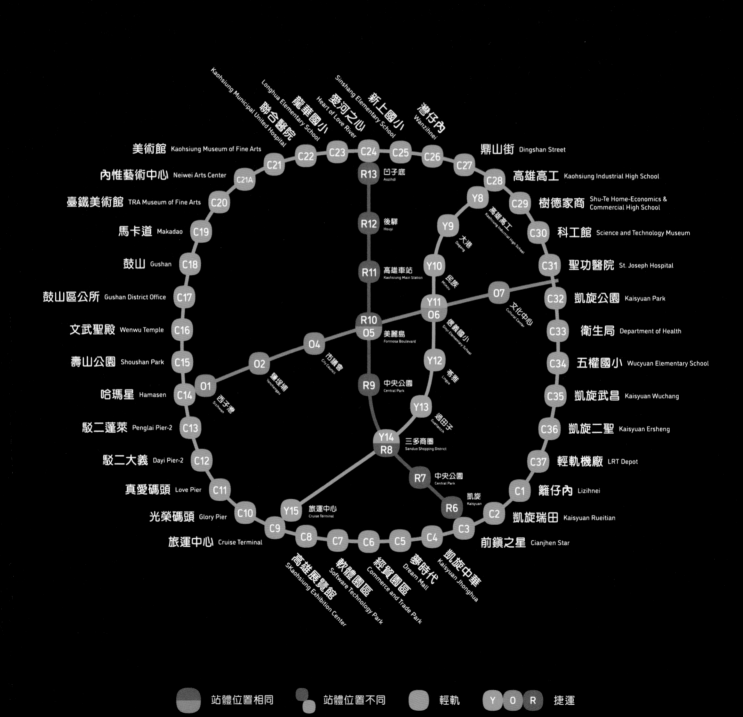

C12 → **C13** → C14

駁二大義站
Dayi Pier-2

駁二蓬萊站
Penglai Pier-2

哈瑪星站
Hamasen

N

鼓山二路 Gushan 2nd Rd
建國四路 Jianguo 4th Rd
七賢三路 Qixian 3rd Rd
七賢二路 Qixian 2nd Rd
府北路 Fubei Rd

七賢一路 Qixian 2nd Rd
中正四路 Zhongzheng 4th Rd
河西路 Hedong Rd

C16 Wenwu Temple 文武聖殿
大公路 Dagong Rd

Kaohsiung Museum of History 高雄市立歷史博物館

七賢二路 Qixian 2nd Rd
河西路 Hexi Road

Kaohsiung Film Archive 高雄市電影館

C15 Shoushan Park 壽山公園

02 Yanchengpu 鹽埕埔
五福四路 Wufu 4th Rd
五福三路 Wufu 3th Rd

大勇路 Dayong Rd

C11 Love Pier 真愛碼頭

Shoushan's Love Terrace 壽山情人觀景台

公園二路 Park 2nd Rd

The Pier-2 Art Center 駁二藝術特區

Kaohsiung Martial Arts Hall 高雄武德殿

Kaohsiung Music Center 高雄流行音樂中心

Hamasen Museum of Taiwan Railway 哈瑪星鐵道文化園區

C13 Penglai Pier-2 駁二蓬萊

The Pier-2 Art Center 駁二藝術特區

C12 Dayi Pier-2 駁二大義

01 Hamasen 哈瑪星
C14 Siziwan 西子灣

高雄港史館

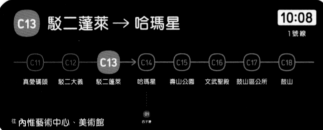

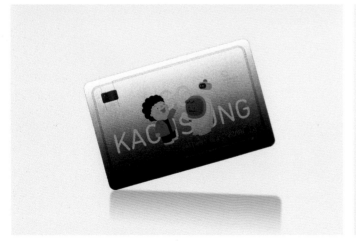

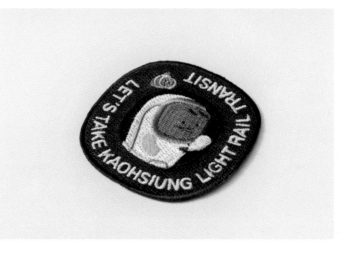

展場圖片、車上通車螢幕顯示器、通車紀念悠遊卡、紀念布章

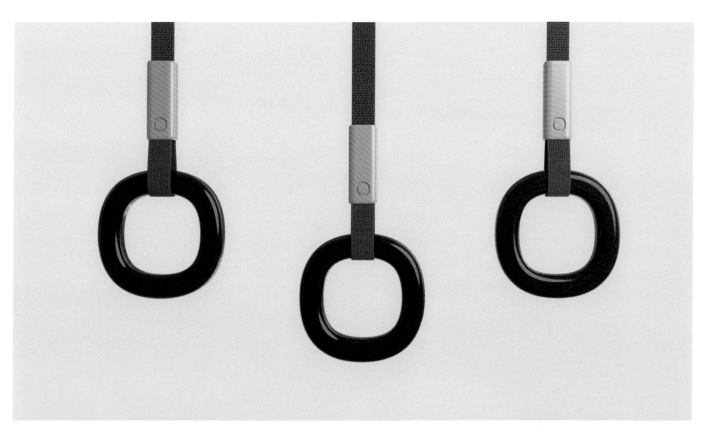

輕軌手環、輕軌售票機外觀及操作說明

告示看板模擬

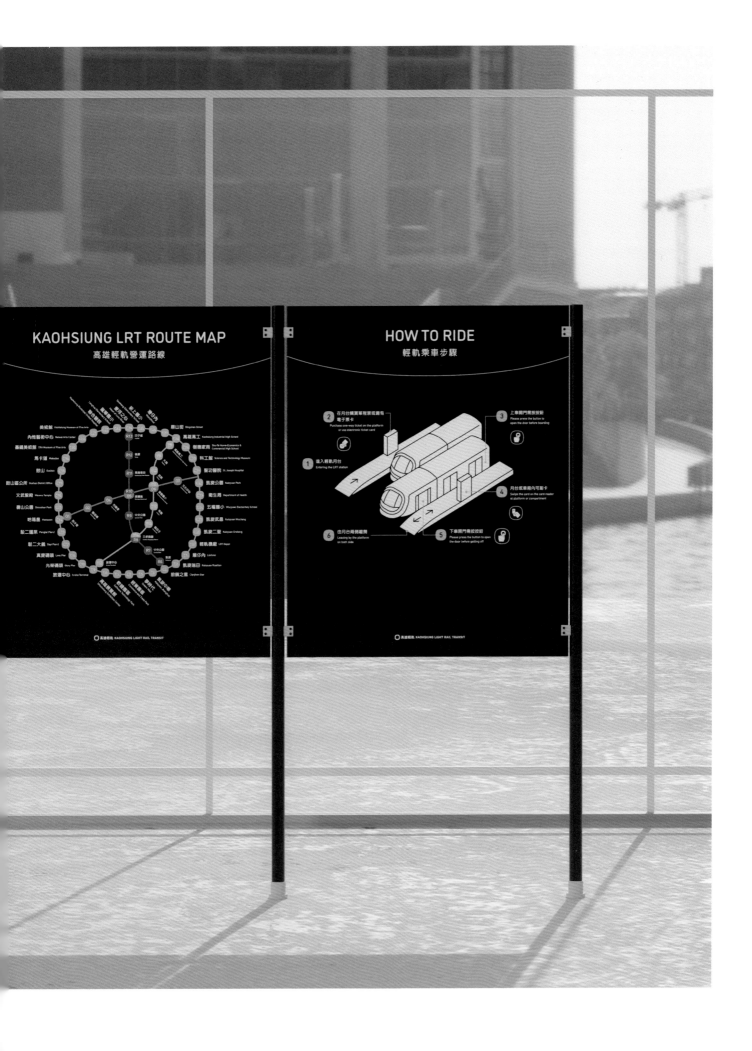

37

拋投救生圈教具

阿災是以防災的「災」字做為發想、教育拋投救生圈時應丟到溺水者周圍,而非套中溺水者本身,將阿災立體化,延伸出五隻腳的感覺,結合台灣夜市文化的套圈圈經驗,學習看到溺水者時的給予幫助的互動教具。

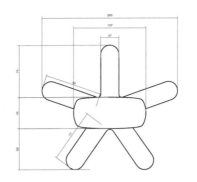

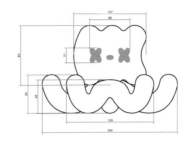

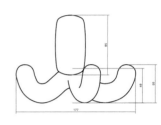

拋投救生圈正確知識宣導

叫 大聲呼救，請大人來救援

拋 拋出救生圈時，應朝向溺水者周圍

拉 待對方抓住救生圈時，拉回溺水者

講解遊戲規則

拋 拋出救生圈時，朝向阿災的腳

拉 套中腳之後，將阿災拉回

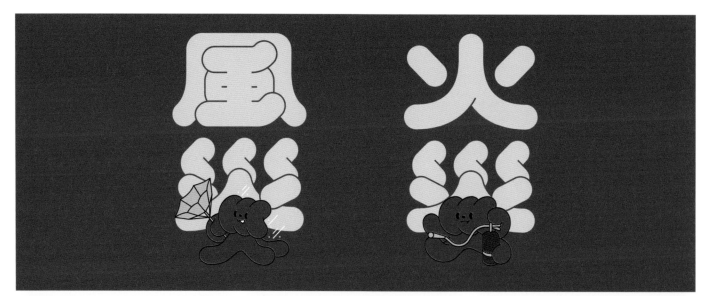

颱風來臨前

▶ 避免登山、露營逗留山區
如果正在戶外登山露營應儘早返家，並向學校或家人電話連繫行程及路線，
遇緊急狀況請電119；預定登山、露營應取消行程。

颱風發生時

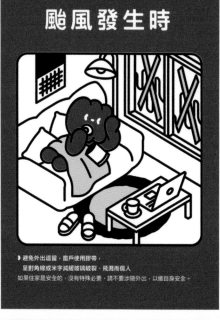

▶ 避免外出逗留，窗戶使用膠帶，
呈對角線或米字減緩玻璃破裂、飛濺而傷人
如果住家是安全的，沒有特殊必要，請不要涉險外出，以維自身安全。

颱風發生後

▶ 通報災害情況
若有災害損失，請通知警察派出所或消防單位，作為災害檢討之統計，並作防災
之改進參考。

住宅用火災警報器設置

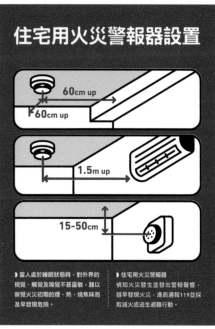

60cm up
60cm up

1.5m up

15-50cm

▶ 當人處於睡眠狀態時，對外界的
視覺、觸覺及嗅覺不甚靈敏，難以
察覺火災初期的煙、熱、燒焦味而
及早發現危險。

▶ 住宅用火災警報器
偵知火災發生並發出警報聲響，
越早發現火災，進而通報119並採
取滅火或逃生避難行動。

正確使用滅火器

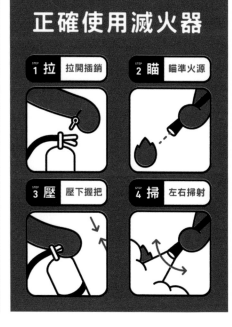

STEP 1 拉 | 拉開插銷
STEP 2 瞄 | 瞄準火源
STEP 3 壓 | 壓下握把
STEP 4 掃 | 左右掃射

火災發生後現場

▶ 依消防法檢察，警察機關或消防機關得封鎖火災現場，於調查、鑑定完畢
後撤除之。火災現場尚未完成調查、鑑定者，應保持火災現場狀態，非經調查、
鑑定人員之許可，任何人不得進入或變動。但遇有緊急情形或有進入必要
時，得由調查、鑑定人員陪同進入，並於火災原因調查鑑定書中記明其
事由。

將台灣常見災害分為四大類，風災、火災、震災、毒災，將依序時間發生前、中、後，各舉例執行宣導案例。

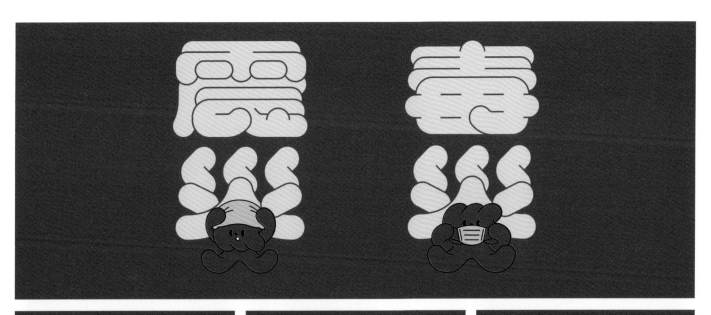

地震發生前

» 固定家具與重物
防止翻倒、掉落或移動，建議使用L型金屬零件、螺絲、支柱或黏貼墊加以固定。

地震發生時

» 抗震保命三步
保護頭部，頭部避免受傷，「趴下、掩護、穩住」。

» 躲在桌下或牆角
握住桌腳，當桌子隨地震移動時，桌下的人也可隨著桌子移動，形成防護屏障。

» 躲在牆角或柱子
小心家具，電器、燈具，書櫃或貨架等。

STEP 1 趴下	
STEP 2 掩護	
STEP 3 穩住	

地震發生後

» 災後資訊量龐大，隨時收聽電視台或電台之正確災情消息，勿信謠言，以訛傳訛。

» 災後於室內
確認建物結構及周遭環境安全！如建物已受損，攜帶避難包及必要物品前往緊急避難處所。

毒災發生時

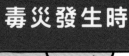

» 發現異常時，立即通報相關單位
若發現化學物質工廠或運送化學物質的槽車發生事故，或聞到刺鼻的味道，地上有可疑粉末、液體等……狀況，可通知119消防勤務指揮中心或當地環保局陳情專線。

衝、脫、泡、蓋、送

STEP 1 衝
以濕布掩住口鼻快速往「上風」方向離開，亦可利用身邊雨衣、隨身外套等遮蔽掩護。

STEP 2 脫
到達安全區後，迅速脫去外衣，並將外衣以塑膠袋密封。

STEP 3 泡
皮膚沾染到毒化物時，先用布包覆於水龍頭10倍後，沖10分鐘。再以鹼性肥皂或清水洗淨。

STEP 4 蓋
針對清潔後的身體部位蓋上乾淨的衣物，避免受到其它污染。

STEP 5 送
把握黃金救援時間立即送醫或就醫，可撥聯絡地110讓專業人員協助。

毒災發生時

» 在室內可以膠帶封閉門窗縫隙，等待救援，並注意食物及飲食安全。

1 防災避難包　2 防災避難包（內部）　3 急救包　4 防災小包　5 防災 T 恤正面　6 防災 T 恤背面　7 防災口罩　8 防災娃娃

保持社交距離
Keep a safe distance

佩戴口罩
Wear a mask

測量體溫
Take your temperature

實名制填寫
Real name registration

行動支付
Contactless payments

消毒清潔
Sanitize with alcohol

使用乾洗手
Hand sanitizer

勤洗手
Wash your hands often

定時擦拭清潔
Wipe and clean regularly

保持通風
Keep ventilated

男廁
Men

女廁
Women

孕婦
Pregnant

行動不便者
Disabled

年長者
Elderly

嬰兒
Baby

逃生出口
Exit

緊急避難處
Evacuation shelter

緊急避難所
Evacuation shelter

緊急救護站
Medical station

滅火器
Fire extinguisher

緊急電話
Emergency phone

疫情發生時，發現店家有使用需求，也意識到防災教育及觀念，需一直更新且有不同狀況新的事情發生。透過平面設計的力量，自行製作符號開源給店家使用。另補充一些關於災難發生時可能會有的應用符號，完成此系列作品。

以水災、毒災、火災、震災、雪災、風災不同災害延伸的吉祥物造型家族，以利方便後續延伸不同說明角色。

| | 一般季節 General Season | | | | 雪季管制期間 Snow Season | |

	一般健行路線 Hiking	中級縱走路線 Trekking	高級縱走路線 Climbing	高級縱走路線＋ 有垂降及攀岩地形 Climbing+	雪季管制期間 有條件開放之路線 Expedition	雪季管制期間 暫停開放之路線 Closed
等級	A	B	C	C+	D	E
天數	1天以內	1-3天	2-4天	4天以上		
人數	1人以上即可申請			3人以上始可申請		不開放申請
備註	無需經驗	＋需A級路線經驗	·需B級路線經驗	·需C級路線經驗 ·確保繩 ·安全頭盔	·雪攀裝備 ·雪訓證書 ·技術自我檢查表	

現在位置
You are Here

步道入口
Trail Entrace

景點
Scenic Spot

廁所
Toliet

寺廟
Temple

學校
School

山名
Mountain

火車站
Railway

公車停靠站
Bus Station

捷運站
MRT

警局
Police Station

停車場
Parking Lot

旅客服務中心
Information

國道
Freeway

快速道路
Expressway

主步道
Main Hinking Trail

鄰近步道
Neighboring
Hiking Trail

一般道路
Road

河流
River

鐵道
Railway

注意登山安全
Watch out for
safety on the trail

小心滑倒
Slippery when wet

小心毒蛇
Caution:
Dangerous animals

小心落石
Falling Rocks Ahead

小心雷擊
Beware of Lighting

禁止吸煙
No smoking

0.8km 三峽老街
Sanxia Old Street

鳶山登山步道 1.6km
Yuan Shan Hiking Trail

A 自然健行級
Hiking

A 自然健行級
Hiking

色彩計畫

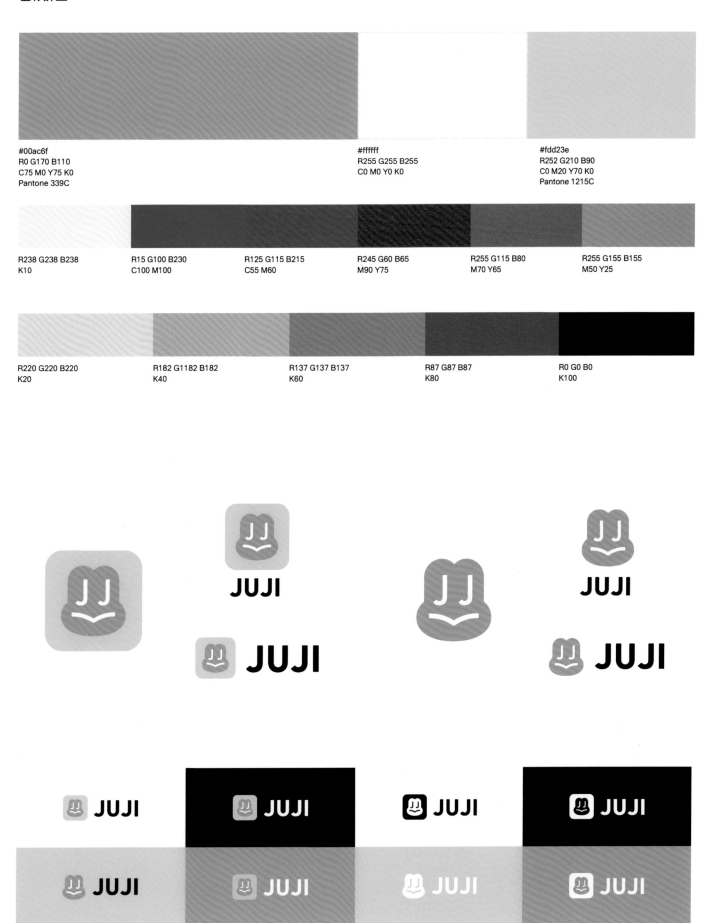

#00ac6f
R0 G170 B110
C75 M0 Y75 K0
Pantone 339C

#ffffff
R255 G255 B255
C0 M0 Y0 K0

#fdd23e
R252 G210 B90
C0 M20 Y70 K0
Pantone 1215C

R238 G238 B238
K10

R15 G100 B230
C100 M100

R125 G115 B215
C55 M60

R245 G60 B65
M90 Y75

R255 G115 B80
M70 Y65

R255 G155 B155
M50 Y25

R220 G220 B220
K20

R182 G1182 B182
K40

R137 G137 B137
K60

R87 G87 B87
K80

R0 G0 B0
K100

識別應用示意風格／ logo 排列情況／ logo 遇底色時應用情況

印刷最小使用規範

<table>
<tr><td>▦ JUJI</td><td>8mm</td><td>▦ JUJI</td><td>11mm</td><td>▦ JUJI</td><td>8mm</td></tr>
<tr><td>▦ JUJI</td><td>7mm</td><td>▦ JUJI</td><td>10mm</td><td>▦ JUJI</td><td>7mm</td></tr>
</table>

數位使用最小使用規範

<table>
<tr><td>▦ JUJI</td><td>>22px</td><td>▦ JUJI</td><td>>33px</td><td>▦ JUJI</td><td>>22px</td></tr>
<tr><td>▦ JUJI</td><td>>20px</td><td>▦ JUJI</td><td>>28px</td><td>▦ JUJI</td><td>>18px</td></tr>
</table>

印刷最小規範／數位最小應用規範／ LINE 貼圖

吉祥物角色設定及動作風格示意

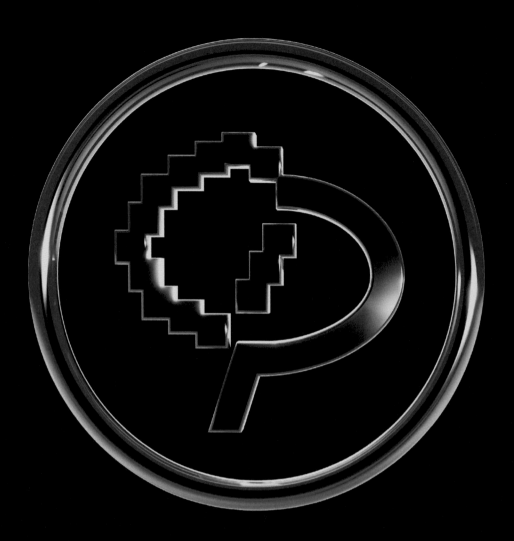

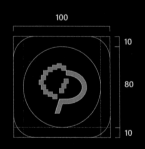

100

10

80

10

10:30

Mail Calendar Reminders Apple News

Maps Compass Weather FaceTime

Culture Points

CULTURE POINTS 文化幣

R0 G0 B255

R255 G255 B255

R0 G0 B0

中英文直式排列

CULTURE POINTS
文化幣

英文直式排列

CULTURE POINTS

中英文橫式排列

中文橫式排列

中英文橫式排列

英文橫式排列

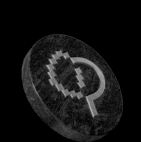

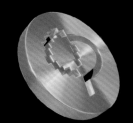

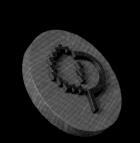

CULTURE POINTS
文化幣
藝文展演及文化體驗類
1.指出博物館、地方文化館、社區營造據點、文資保存及活化場域、自辦展演空間、藝文展演空間、書廊及其他藝文展演及文化體驗類之門票、活動票券、週邊商品及藝術家等。
2.指於售票系統之實體門市或線上平臺販售之表演藝術、展覽、文化體驗之門票、活動票券、週邊商品等。
3.指向關藝人於樂出販售藝術之販售出創作等。

CULTURE POINTS
文化幣
視聽娛樂類
1.指於電影院之實體門市或線上平臺販售之票券、週邊商品等。
2.指行編片行、關發行之實體門市所販售之音樂唱片光碟媒料、樂器、樂譜等商品等。
3.指於售票系統之實體門市或線上平臺販售之音樂、影集及相關聯之類樂活動之票券、週邊商品。

CULTURE POINTS
文化幣
圖書出版類
指於書店、主題書店及他類販售實體活動之實體門市或線上平臺販售之圖書、雜誌、報紙等週邊商品及下合含週邊銷售相店、超市等點述。

CULTURE POINTS
文化幣
文創工藝類
指於文創商品及聖書、文組展會及另樂智慧之商品及服務，以及實體位獲文創及工藝商品銷件、展示及銷售獲之實體門市或線上平臺販售之商品及服務。

CULTUR
文
發布誹

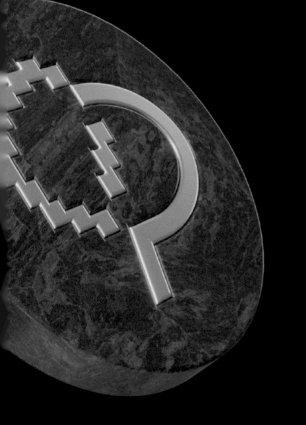

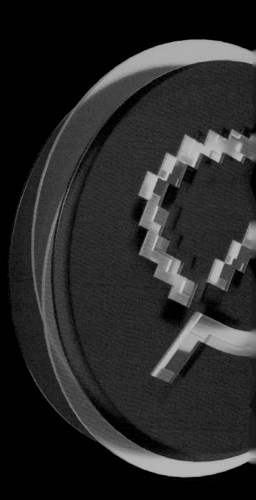

POINTS

幣

者 會

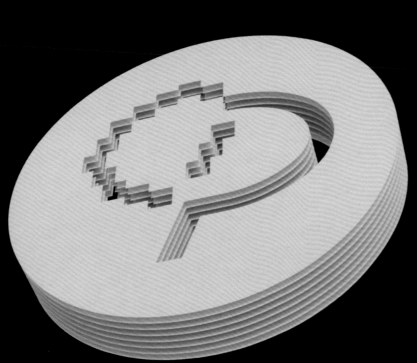

淡海輕軌

廁所
Toilet

身心障礙者
Disabled

孕婦
Pregnant

年長者
The elderly

攜帶小孩之乘客
People with strollers

行動不便者
Injured people

目前位置
You are here

景點
Attraction

住宿
Hotel

美食
Food

禮品
Gift

古蹟
Historical site

推薦景點
Popular

歡迎導盲犬
Guide dogs welcome

公車路線
Bus

步行路線
On foot

緊急逃生口
Exit

禁止進入
Staff only

禁止奔跑、嬉戲
No running

請勿攀爬
No climbing

禁止嬰兒車
No strollers

禁止大型行李
No big Luggage

禁止自行車
No bicycle

請勿倚靠側板
No leaning

禁止雙手提物
Keep hands free to hold handrail

小心長裙夾入
Beware long skirts

緊握扶手
Hold Handrail

照顧隨行孩童
Take care of children

注意縫隙
Beware the gap

禁止飲食
No eating and drinking

禁止吸煙
No smoking

請勿亂丟垃圾
No littering

禁止攜帶鳥禽
No birds

禁止攜帶氣球
No balloon

小心夾手
Mind your hands

小心碰頭
Mind your head

DANHAI
Traveling Bowler Hat
旅行的帽子

淡海輕軌
觀光旅遊手冊
DANHAI LIGHT RAIL TRANSIT
TOUR GUIDE

淡海輕軌
DANHAI LIGHT RAIL TRANSIT

淡海輕軌簡介

淡海輕軌採購無人車站形式，搭配無閘門式收費方式，乘客進出站需主動刷卡。紅樹林站（V01）1 樓設有男女廁所，集哺乳室及旅客詢問處，提供票務服務、開立購票證明、發放路線導引、行動不便旅客協助、遺失物協尋、緊急事故協助及輕軌系統相關諮詢服務。

正式營運時間

首班車 06:00	末班車 24:00	班距 10~15min

	票種介紹	原價
單程票	於售票機販售，購票後即可進站搭乘，該票為購票證明，請妥善保存至出站	依搭乘區間計價，基本票價 20 元起計
電子票證	進、出車站均需感應刷卡槽，如未刷卡成功，下次搭乘刷卡時自動扣除本系統最高票價	普通卡享有單程票價 8 折優惠
攜帶自行車單程票	於售票機購買，除上班日尖峰時段外，開放每一列車第 2、4 車廂之多功能停放區，每區限停 2 輛，折疊自行車妥善包裝於攜車袋中，不需另行購票	每張 50 元，採以車合併收費，單次不限里程

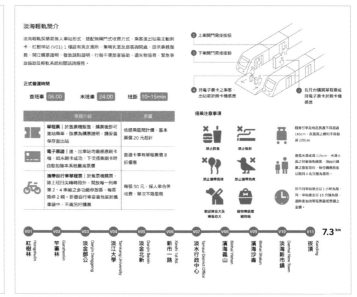

① 上車開門需按鈕
② 下車開門需按鈕
③ 持電子票卡之乘客，出站刷於刷卡機感應
④ 在月台購買單程票或持電子票卡於刷卡機感應

搭乘注意事項

禁止飲食　禁止躺臥
身高未滿 115cm，未滿 6 歲兒童須免費乘車，每位購票旅客可攜帶 4 名免費孩童同行
禁止攜帶寵物　禁止攜帶危險物品
隨身行李含物品長度不得超過 165cm，長寬高之總和不得超過 220cm
若不同車站購票於 1 小時內為同一，車站限定以 15 分鐘為間，遇客可改乘或更高金額

V01	V02	V03	V04	V05	V06	V07	V08	V09	V10	V11
紅樹林 Hongshulin	竿蓁林 Ganzhenlin	淡金鄧公 Danjin Denggong	淡江大學 Tamkang University	淡海義山 Tamsui Yishan	新市一路 Xinshi 1st Rd.	淡海行政中心 Tamsui District Office	濱海義山 Binhai Yishan	濱海沙崙 Binhai Shalun	淡海新市鎮 Danhai New Town	崁頂 Kanding

7.3 km

淡水無極天元宮
賞櫻熱點

淡水無極天元宮的無極真元天壇，不僅建築造型特殊，庭園花海櫻花開，每逢三月櫻花季來臨，一大片嫣粉綻放盛開，不論白天或夜晚的櫻花，是遊客必去的賞櫻熱點。

新北市淡水區北新路三段 36 號
02-2621-2750
開放時間
一 ~ 日 06:00~20:00
六、日 10:00~17:00

楓樹湖
木蓮花祕境

楓樹湖是盛開的木蓮花海祕境，每當春季限限之時，周圍的山坡間，山茶花也依序綻放，虹白相映的浪漫花海，潑倘山野。

淡水漁人碼頭
海景與落日的絕景

每年夏天獨立樂園的夏日演唱所在地，淡水漁人舞台，就位於淡水漁人碼頭，有著的白色帆船造型的拱橋情人橋及 360 度旋轉觀景情人塔，夕陽美景也不容錯過。

新北市淡水區觀海路 199 號
全日開放

雲門劇場

郁近濃尾濃園的雲門劇場，是由建築師黃聲遠與中央設計團隊為雲門舞集所打造的家，是華人世界第一個以表演藝術為核心的創意園地，主建築保留前身中央廣播電臺的外觀及結構，採用綠建築設計，可遠眺淡水河出口及觀音山。

新北市淡水區中正路一段 6 巷 36 號
02-2629-8558
開放時間
週一 ~ 日 休
二 ~ 日 10:00~17:00

V03 後湖北票

青島武館
SPOT. 12

新北市淡水區北投子 72 之 1 號
0937-371-650 | 03-2623-8417
W 門票 150 元 / 人

習武多年，曾在租約武術大賽拿下金牌的高手成立青島武館以傳承學生武術經驗，並成立國中傳統兵器博物館，羅萬獻以千計，是私人設立的兵器主題博物館。從明清到現代兵器包羅萬象，在刀光劍影彷彿出入武俠小說裏或中國古代戰爭現場。

明清中國古器具庫

SPOT. 11
那年一起吃的枝仔冰
淡水舊鎮 50 年代枝仔冰

這裡就圍看到大大的招牌直立，淡水舊鎮 50 年代枝仔冰，堅持使用天然材料及傳統製程，保留了一份古早味。招牌清水及庫清泌水，都是必點枝仔冰。

新北市淡水區
淡金路 270-1 號
02-2625-6520
營業時間
一 ~ 日 12:00~24:00
六、日 10:00~17:00

公司田溪橋遺蹟
SPOT. 14
普日淡水便道

1648 年荷蘭東印度公司招募閩南人來此開墾，替荷蘭東印度公司耕作，因此稱為「公司田」，及「公司田溪」之稱。

新北市淡水區中山北路四段 12 號
全日開放

公司田溪程氏古厝
SPOT. 15
古戰場珍貴的地標

位於淡水新市鎮，大庄埔一帶皆漢人在北臺灣墾拓的開墾史，1884 淡法戰爭後僅保存城岸及大庄程氏，是古戰場珍貴的地標。

新北市淡水區新市五路 1 段 128 號 7 號
開放時間
二 ~ 日 11:00~17:00

淡水德安居古厝
百年歷史的閩南式建築
SPOT. 16

德安居是保存完整的百年歷史閩南式建築，是許多古裝劇及電視劇拍攝取景的地方。此建築以石頭作為背景的磁石與牆面，頗具特色。

新北市淡水區
私人住宅

馬場
SPOT. 17
婚紗拍照聖地

馬場園國際近沙灘，是許多新人指定拍攝婚紗的地點。離岸前預彩的藍天碧光許的日子，可在數量的帶領下，體驗騎乘馳馬漫步。目前設立有綠野馬術文創園區及山海觀馬術俱樂部 2 家馬場。

V07 淡水行政中心 / V09 濱海沙崙

一滴水紀念館
SPOT. 20
緬懷淡水的百年木造民家

原建漁於日本福井縣，是日本文豪水上勉的故居，於 2009 年移至淡水，承襲日本演水獻贈恩恩情，意均珍惜萬物。故命名為「一滴水紀念館」，沒有使用任何釘子，以木榫柱、榫頭以竹釘建築建造，是紀念館日友好原寬的百年古建築。

新北市淡水區中正路一段 6 巷 30 號
02-2621-2897
開放時間
一 ~ 六 09:00~16:30
一日 休

淡水福佑宮
SPOT. 21
普日滬尾港的守護神

由福建線州同七縣份的居民共同集資興建，1884 年，中法戰爭後期，劉銘傳率軍固守滬尾，居民虔誠祈禱祖隸庇佑神靈護助守退法軍，因而媽祖獲頒「翊天昭佑」匾額，成為當地居民信仰中心。

新北市淡水區中正路 200 號
02-2621-1731
開放時間
一 ~ 日 04:30-21:00

滬尾礮臺
滬尾礮臺古蹟
淡水古蹟

2005 年淡水古蹟博物館成立，隸屬於新北市文化局，包括淡水紅毛城、滬尾礮臺、滬尾偕醫館、得忌利士洋行、淡水小白宮、滬尾湖程文化園等，多田樂各故居不時有展覽活動，深化文化底蘊的內涵。

埔頂洋樓區
SPOT. 23
淡水馬偕的歷史軌跡

百年前淡水開港，這兒是外商洋人的主要居所，周圍的淡江中學、淡水禮拜堂、馬偕故居、姑娘樓、牧師樓、理學堂大書院、淡水女學校、淡水外僑墓園及馬偕街旅墳園等。踏上一雙舒適好走的鞋子，漫步在時光的故事裏。

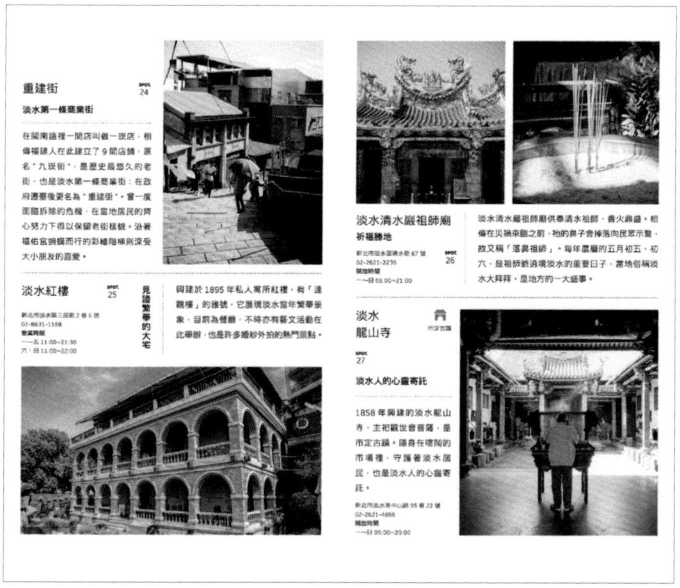

重建街

SPOT. 24

淡水第一條商業街

在閩南語裡一間店叫做一塓店，相傳福建人在此建立了 9 間店鋪，原名"九塓街"，是歷史最悠久的老街，也是淡水第一條商業街；在政府遷臺後更名為"重建街"。曾一度面臨拆除的危機，在當地居民的齊心努力下得以保留老街樣貌。沿著福佑宮蜿蜒而行的彩繪階梯則深受大小朋友的喜愛。

淡水紅樓

SPOT. 25

見證繁華的大宅

新北市淡水區三民街 2 巷 6 號
02-8631-1168
營業時間
一～五 11:00~21:30
六、日 11:00~22:00

興建於 1895 年私人寓所紅樓，有「達觀樓」的雅號，它展現淡水當年繁華景象，目前為餐廳，不時亦有藝文活動在此舉辦，也是許多婚紗外拍的熱門景點。

淡水清水巖祖師廟

祈福勝地

新北市淡水區清水街 87 號
02-2621-2236
開放時間
一～日 05:00~21:00

SPOT. 26

淡水清水巖祖師廟供奉清水祖師，香火鼎盛。相傳在災禍來臨之前，祂的鼻子會掉落向民眾示警，故又稱「落鼻祖師」。每年農曆的五月初五、初六，是祖師爺遶境淡水的重要日子，當地俗稱淡水大拜拜，是地方的一大盛事。

淡水龍山寺

市定古蹟

SPOT. 27

淡水人的心靈寄託

1858 年興建的淡水龍山寺，主祀觀世音菩薩，是市定古蹟。隱身在喧鬧的市場裡，守護著淡水居民，也是淡水人的心靈寄託。

新北市淡水區中山路 95 巷 22 號
02-2621-4866
開放時間
一～日 05:00~20:00

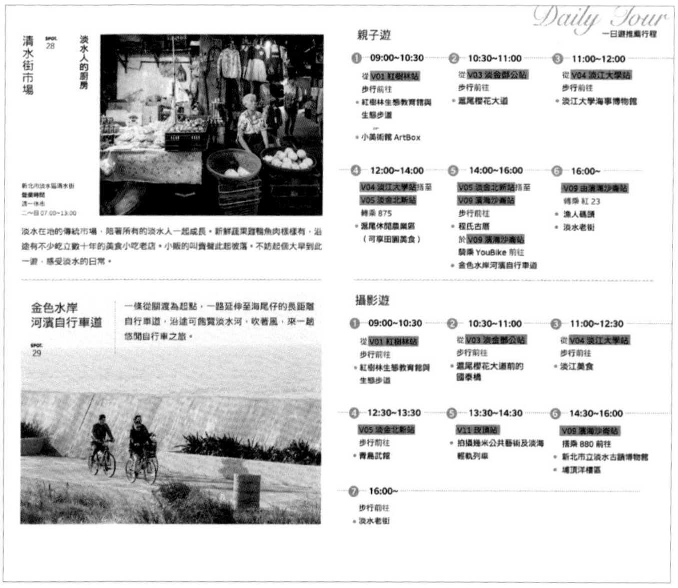

清水街市場

SPOT. 28

淡水人的廚房

新北市淡水區清水街
營業時間
週一休市
二～日 07:00~13:00

淡水在地的傳統市場，陪著所有的淡水人一起成長。新鮮蔬果雞鴨魚肉樣樣有，沿途有不少屹立數十年的美食小吃老店。小販的叫賣聲此起彼落。不妨起個大早到此一遊，感受淡水的日常。

金色水岸河濱自行車道

SPOT. 29

一條從關渡為起點，一路延伸至海尾仔的長距離自行車道，沿途可飽覽淡水河，吹著風，來一趟悠閒自行車之旅。

Daily Tour

一日遊推薦行程

親子遊

① 09:00~10:30
從 V01 紅樹林站
步行前往
• 紅樹林生態教育館與生態步道
• 小美術館 ArtBox

② 10:30~11:00
從 V03 淡金鄧公站
步行前往
• 滬尾櫻花大道

③ 11:00~12:00
從 V04 淡江大學站
步行前往
• 淡江大學海事博物館

④ 12:00~14:00
V04 淡江大學站搭至
V05 淡金北新站
轉乘 875
• 滬尾休閒農業區
（可享田園美食）

⑤ 14:00~16:00
V05 淡金北新站搭至
V09 濱海沙崙站
步行前往
• 程氏古厝
於 V09 濱海沙崙站
騎乘 YouBike 前往
• 金色水岸河濱自行車道

⑥ 16:00~
V09 由濱海沙崙站
轉乘 紅 23
• 漁人碼頭
• 淡水老街

攝影遊

① 09:00~10:30
從 V01 紅樹林站
步行前往
• 紅樹林生態教育館與生態步道

② 10:30~11:00
從 V03 淡金鄧公站
步行前往
• 滬尾櫻花大道前的國泰橋

③ 11:00~12:30
從 V04 淡江大學站
步行前往
• 淡江美食

④ 12:30~13:30
V05 淡金北新站
步行前往
• 青島武館

⑤ 13:30~14:30
V11 崁頂站
• 拍攝幾米公共藝術及淡海輕軌列車

⑥ 14:30~16:00
V09 濱海沙崙站
搭乘 880 前往
• 新北市立淡水古蹟博物館
• 埔頂洋樓區

⑦ 16:00~
步行前往
• 淡水老街

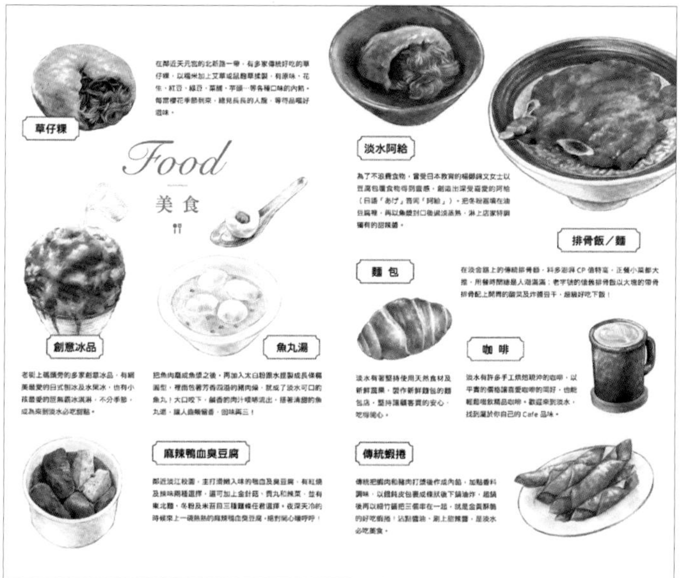

Food 美食

草仔粿

在鄰近天元宮的北新路一帶，有多家傳統好吃的草仔粿，以糯米加上艾草或鼠麴草揉製，有原味、花生、紅豆、綠豆、菜脯、芋頭…等各種口味的內餡。每當櫻花季節到來，總見長長的人龍，等待品嚐好滋味。

創意冰品

老街上隨攤旁的多家創意冰品，有網美最愛的日式刨冰及水果冰，也有小孩最愛的巨無霸冰淇淋，不分季節，成為來到淡水必吃甜點。

魚丸湯

把魚肉磨成魚漿之後，再加入太白粉原水提製成長條橢圓型，裡面包著芳香四溢的豬肉燥，就成了淡水可口的魚丸！大口咬下，鹹香的肉汁噴嘴流出，搭著清甜的魚丸湯，讓人齒頰留香，回味再三！

麻辣鴨血臭豆腐

鄰近淡江校園，主打滑嫩入味的鴨血及臭豆腐，有紅燒及辣味兩種選擇，還可加上金針菇、貢丸和辣菜，並有東北麵、冬粉及米苔目三種麵條任君選擇。夜深天冷的時候來上一碗熱熱的麻辣鴨血臭豆腐，絕對開心嘩呼呼！

淡水阿給

為了不浪費食物，曾受日本教育的楊鄭錦文女士以豆腐包覆食物得到靈感，創造出深受喜愛的阿給（日語「あげ」音同「阿給」）。把冬粉塞填在油豆腐裡，再以魚漿封口後經過蒸熟，淋上店家特調獨有的甜辣醬。

排骨飯／麵

在淡金路上的傳統排骨飯，料多澎湃 CP 值特高，正餐小菜都大推，用餐時間總是人潮滿滿；老字號的懷舊排骨飯以大塊的帶骨排骨配上開胃的醃菜及炸豬豆干，超級好吃下飯！

麵 包

淡水有著堅持使用天然食材及新鮮蔬果，製作新鮮麵包的麵包店，堅持讓顧客買的安心、吃得開心。

咖 啡

淡水有許多手工烘焙現沖的咖啡，以平實的價格讓喜愛咖啡的同好，也能輕鬆喝飲精品咖啡。歡迎來到淡水，找到屬於你自己的 Cafe 品味。

傳統蝦捲

傳統把蝦肉和豬肉打漿後作成內餡，加點香料調味，以餛飩皮包裹成條狀後下鍋油炸，起鍋後再以細竹籤把三個串在一起，就是金黃酥脆的好吃蝦捲！沾點醬油，刷上甜辣醬，是淡水必吃美食。

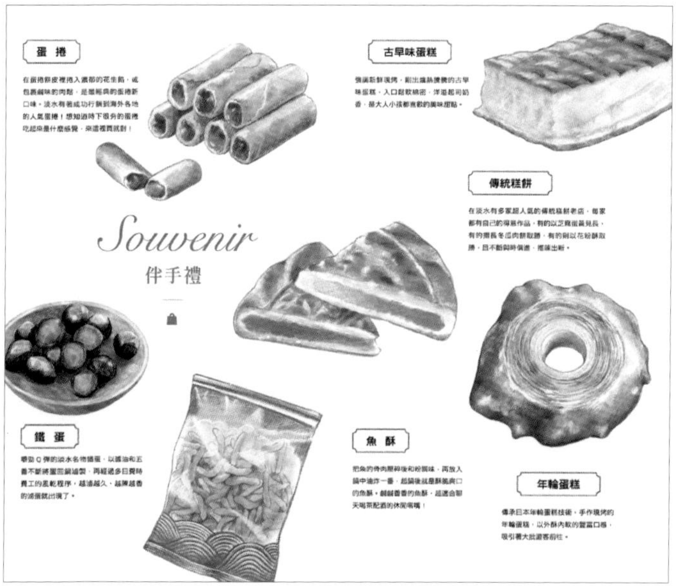

Souvenir 伴手禮

蛋 捲

在蛋捲餅皮裡捲入濃郁的花生餡，或包裹鹹味的肉鬆，是風靡的蛋捲新口味。淡水有著成功行銷到海外各地的人氣蛋捲！想知道時下很夯的蛋捲吃起來是什麼感覺，來這裡買就對！

古早味蛋糕

強調新鮮現烤，剛出爐熱騰騰的古早味蛋糕，入口鬆軟綿密，洋溢起司奶香，是大人小孩都喜歡的美味甜點。

傳統糕餅

在淡水有多家超人氣的傳統糕餅老店，每家都有自己的得意作品，有的以芝麻蛋黃見長，有的擅長冬瓜肉餅取勝，有的則以花粉酥取勝，且不斷與時俱進，推陳出新。

鐵 蛋

嚼勁 Q 彈的淡水名物鐵蛋，以醬油和五香不斷將蛋回鍋滷製，再經過多日費時費工的風乾程序，越滷越久、越陳越香的滷蛋就出現了。

魚 酥

把魚的骨肉層碎後和粉調味，再放入鍋中油炸一番，起鍋後就是酥脆爽口的魚酥。鹹鹹香香的魚酥，超適合聊天喝茶配酒的休閒零嘴！

年輪蛋糕

傳承日本年輪蛋糕技術，手作現烤的年輪蛋糕，以外酥內軟的豐富口感，吸引著大批遊客前往。

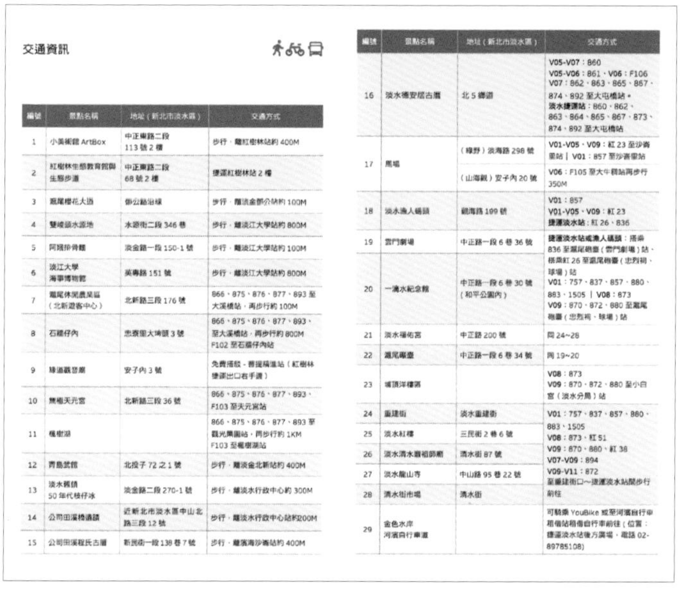

交通資訊

編號	景點名稱	地址（新北市淡水區）	交通方式
1	小美術館 ArtBox	中正東路二段 113 號 2 樓	步行，離紅樹林站約 400M
2	紅樹林生態教育館與生態步道	中正東路二段 68 號 2 樓	捷運紅樹林站 2 樓
3	滬尾櫻花大道	鄧公路沿線	步行，離淡金鄧公站約 100M
4	雙峻頭水源地	水源街二段 346 巷	步行，離淡江大學站約 800M
5	阿娘排骨麵	淡金路一段 150-1 號	步行，離淡江大學站約 100M
6	淡江大學海事博物館	英專路 151 號	步行，離淡江大學站約 800M
7	滬尾休閒農業區（北新遊客中心）	北新路三段 176 號	866、875、876、877、893 至大溪橋站，再步行約 100M
8	石櫃仔內	忠寮里大埤頭 3 號	866、875、876、877、893、至大溪橋站，再步行約 800M F102 至石櫃仔內站
9	緣道觀音廟	安子內 3 號	免費搭駁 - 菩提精進站（紅樹林捷運出口右手邊）
10	無極天元宮	北新路三段 36 號	866、875、876、877、893、F103 至天元宮站
11	楓樹湖		866、875、876、877、893 至觀光果園站，再步行約 1KM F103 至楓樹湖站
12	青島武館	北投子 72 之 1 號	步行，離淡金北新站約 400M
13	淡水舊情 50 年代枝仔冰	淡金路二段 270-1 號	步行，離淡水行政中心約 300M
14	公司田溪橋遺蹟	近新北市淡水區中山北路三段 12 號	步行，離淡水行政中心站約200M
15	公司田溪程氏古厝	新民街一段 138 巷 7 號	步行，離濱海沙崙站約 400M

編號	景點名稱	地址（新北市淡水區）	交通方式
16	淡水福安居古厝	北 5 鄉道	V05-V07：860 V05-V06：861、V06：F106 V07：862、863、865、867、874、892 至大屯橋站。 淡水捷運站：860、862、863、864、865、867、873、874、892 至大屯橋站
17	馬場	（綠野）淡海路 298 號	V01-V05、V09：紅 23 至沙崙里站 ｜ V01：857 至沙崙里站
		（山海觀）安子內 20 號	V06：F105 至大牛稠站再步行 350M
18	淡水漁人碼頭	觀海路 199 號	V01：857 V01-V05、V09：紅 23 捷運淡水站：紅 26、836
19	雲門劇場	中正路一段 6 巷 36 號	捷運淡水站或漁人碼頭：搭乘 836 至滬尾砲臺（雲門劇場）站、搭乘紅 26 至滬尾砲臺（忠烈祠、球場）站 V01：757、837、857、880、883、1505 ｜ V08：873 V09：870、872、880 至滬尾砲臺（忠烈祠、球場）站
20	一滴水紀念館	中正路一段 6 巷 30 號（和平公園內）	
21	淡水福佑宮	中正路 200 號	同 24~28
22	滬尾砲臺	中正路一段 6 巷 34 號	同 19~20
23	埔頂洋樓區		V08：873 V09：870、872、880 至小白宮（淡水分局）站
24	重建街	淡水重建街	V01：757、837、857、880、883、1505 V08：873、紅 51 V09：870、880、紅 38 V07-V09：894 V09-V11：872 至重建街口～捷運淡水站間步行前往
25	淡水紅樓	三民街 2 巷 6 號	
26	淡水清水巖祖師廟	清水街 87 號	
27	淡水龍山寺	中山路 95 巷 22 號	
28	清水街市場	清水街	
29	金色水岸河濱自行車道		可騎乘 YouBike 或至河濱自行車租借站租借自行車前往（位置：捷運淡水站後方廣場，電話 02-89785108）

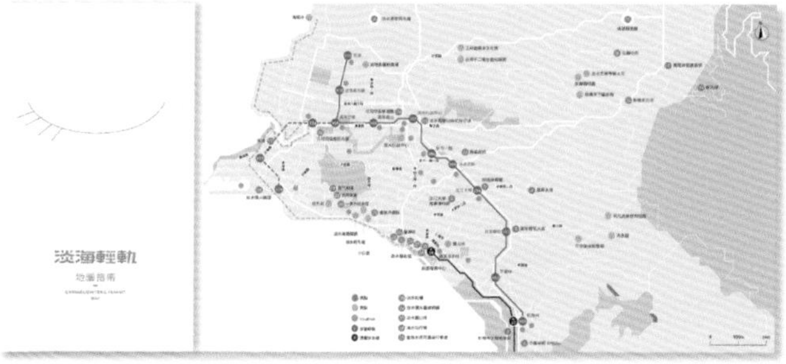

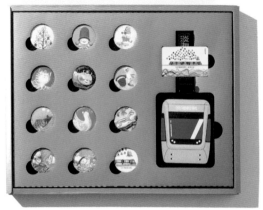

通車紀念品／海報形象廣告稿

DANHAI LIGHT RAIL TRANSIT

淡海輕軌 旅行的帽子

DANHAI LIGHT RAIL TRANSIT

淡海輕軌 旅行的帽子

DANHAI LIGHT RAIL TRANSIT

淡海輕軌 旅行的帽子

DANHAI LIGHT RAIL TRANSIT

淡海輕軌 旅行的帽子

鄭文燦
5
桃園正好
讓市民遇見幸福
讓桃園看見天光

5
桃園正好
鄭文燦
讓市民遇見幸福
讓桃園看見天光

5
桃園正好
鄭文燦
讓市民遇見幸福
讓桃園看見天光

5
桃園正好
鄭文燦
讓市民遇見幸福
讓桃園看見天光

桃園正好
鄭文燦
鄭文燦
桃園正好

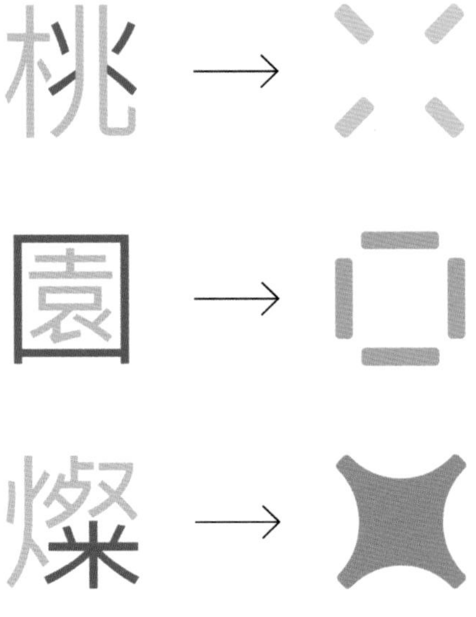
桃
園
燦

桃園區 | 景福宮

龜山區 | 憲光二村

中壢區 | 桃園國際棒球場

八德區 | 埤塘生態公園

蘆竹區 | 南崁大橋

楊梅區 | 地景藝術節

大溪區 | 大溪老街

復興區 | 媽媽桃

平鎮區 | 龍岡米干節

觀音區 | 白沙岬燈塔

龍潭區 | 龍潭大池

大園區 | 桃園機場

新屋區 | 永安漁港

文化綠洲　　　　　交通轉型　　　　　智慧教育

安全守護　　　　　夢想產業　　　　　多元魅力

PROUD OF
HSINCHU

我帶頭　新竹光榮

新竹市長候選人　沈　慧　虹

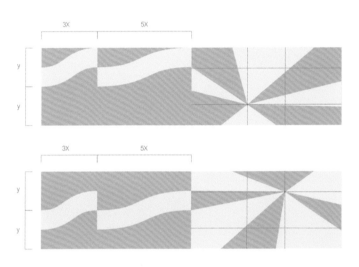

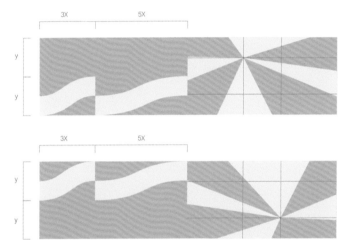

沈慧虹 選舉形象設計——新竹光榮我帶頭

在製作選舉形象時，首先先考慮是選舉人形象還是城市的意象來得重要，且 Logo 應用上從最小的徽章到大至看板都考慮進去。在這次製作時，是從拍攝形象照時參與，所以知道佈景與衣服顏色的穿著；考慮了種種因素後，再從中找到最適合的結果。新竹的風和身為新竹人的光榮和驕傲，是這次傳遞的訊息。而將風的意象套用在人格特質上，可以柔軟、可以堅定，可以乘風飛行、可以逆風而上，柔軟與堅毅並存，因此有了這樣的結果。在延伸應用也希望識別是可變動式，且仍可識別及延伸，所以定義了不同的產出樣貌。

主視覺形象系列稿／Logo 應用時可反向配色延伸

捐款小物系列──毛巾／徽章／金屬徽章／口罩／帆布提袋

臺灣國際熱氣球嘉年華 INTERNATIONAL BALLOON FESTIVAL

活動因已舉辦十年，想在第十一年建立起活動品牌方式完整展現樣貌，希望未來幾年，以可變動式之形式、在改變造型或顏色之後，仍可有識別度的基礎下，應用於形象廣告、周邊等⋯皆讓人有購買之慾望。固讓未來每年識別有些不同，但能保留其樣貌識別。

直式應用及橫式應用使用情形／每年可改色與格線內方法之變化，將其發展具備更多可能性及動態視覺延伸應用上。

臺灣國際衝浪公開賽 TAIWAN OPEN OF SURFING

活動識別考慮了延伸性及動態時的表現，其發展可延伸每年仍有些許變化，但仍能識別為同一活動為出發點設計。因每年可能會有不同的「主題」，設想在 Logo 執行上保留中性，讓「設計」的發揮，留在每年的主題活動上。

直式應用及橫式應用使用情形／每年依格線方法之變化，將其發展具備更多可能性及動態延伸性

TAIPEI
臺北

NEW TAIPEI CITY
新北

KEELUNG
基隆

MIAOLI
苗栗

Changhua
彰化

TAICHUNG
臺中

CHIAYI
嘉義縣

TAINAN
臺南

KAOHSIUNG
高雄

TAITUNG
臺東

KINMEN
金門

LIENCHIANG
連江

TAOYUAN
桃園

HSINCHU
新竹市

Hsinchu
新竹縣

Nantou
南投

YUNLIN
雲林

CHIAYI
嘉義市

PINGTUNG
屏東

YILAN
宜蘭

HUALIEN
花蓮

PENGHU
澎湖

graphicTAIWAN

以台灣為品牌，規劃每個城市的樣貌，讓每個城市同時呈現自己的同時，也保有一制性，所以選擇了以中文的文字去製作這個創作。想透過各縣市的特色及表現，也帶入各種設計的表現技法，讓大家透過這樣的方式，認識設計不同的表現力及契合城市樣貌的規劃。創作仍在繼續中。

· 高雄為 2009 年世大運留下沿用的設計，非創作。但拿到 Logo 時，沒有標準字組合，故課題為文字選擇搭配及排列應用。
· 澎湖也沒修改太多，大致保留原始設計，因時代繪製關係，現在版本略為筆畫不順，僅調整一些筆順線條的感覺。

(a) sign system

符號及指標系統

一般指標系統我們都以明眼人為出發，但有些場域需一起考量視障者的使用，導視不只是幫助明眼人而已。

指標考慮要素

擺放場域

使用者考量
如：幼童、弱勢族群
觀測者距離、觀看高度

室內	臨時性
室外	永久性

**應用材質／材料
施工方式**

指標類別

識別性標示	引導方向性標示	所在方位性標示
廁所、停車場、茶水間…等明確標示場域空間	具有方向指引性之牌示	平面圖、街道圖、樓層圖等標示相對區域位置圖示
說明性標示	**管制性標示**	**裝飾性標示**
告示牌、售票須知、導覽指南…等條列說明其注意事項	禁止及注意事項告示	增加營造活動氛圍，不一定以功能為主之標示

一般垃圾
Trash
一般ごみ
ขยะทั่วไป
Rác thông thường
Sampah

紙類
Paper
古紙
กระดาษ
Giấy các loại
Jenis bahan kertas

垃圾桶黑色與白色符號應用之情形

公共垃圾桶及垃圾分類符號

作品以台北市政府環境保護局公布於網站的分類重新創作，一般垃圾及回收分類共為 18 種類別，提供六種語言，生活在台灣的居民樣貌多元，起初覺得其實還滿貼心的提供六種語言，但邊創作邊思考的時候卻想著，符號化的意義不就是不需要文字也能理解嗎？

後來決定在較多類別的情形的時候，有文字使用情況；若種類不多時則僅以符號表示，另新增公共垃圾桶煙蒂盒的圖示樣式。

另在台灣手搖飲的文化下，公共垃圾桶也許多一個紙杯類別，大家養成撕膜習慣情況下，可以減少一些路邊垃圾桶的體積。

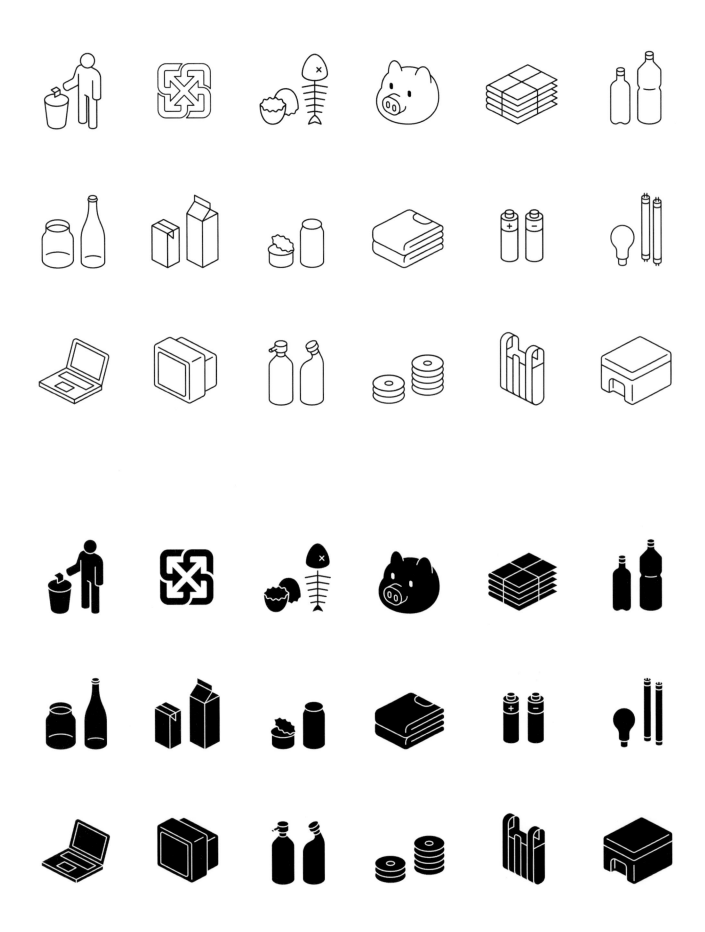

垃圾桶為銀色與符號白色時情形

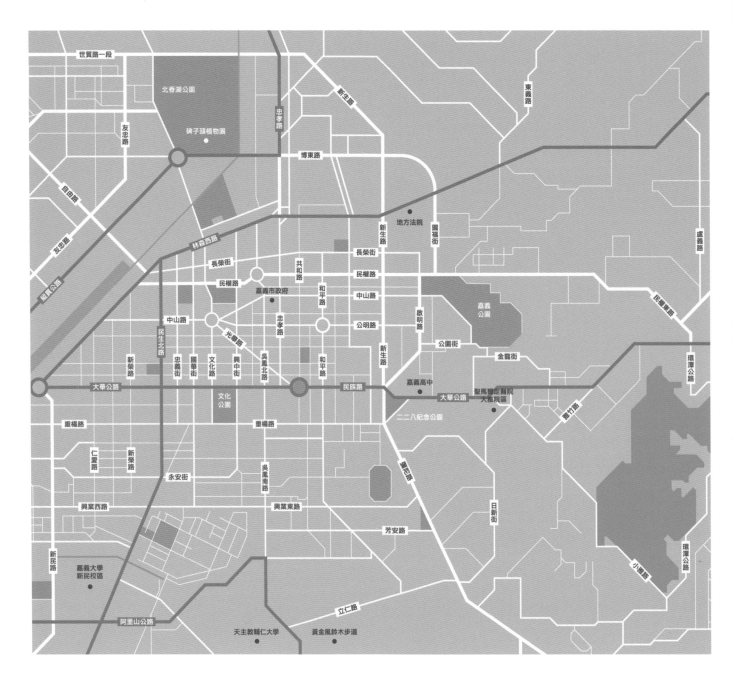

嘉義火車站
Chiayi Railway Station

嘉義轉運站
Chiayi Bus Station

嘉義高鐵站
HSR Chiayi Station

公車
Bus

計程車
Taxi

YouBike

廁所
Toilet

公園
Park

警察局
Police

學校
School

停車場
Parking Lot

服務處
Information

景點
Sightseeing

飯店
Hotel

美食
Food

嘉義城市地圖／地圖符號

檜意生活村
Hinoki Village

嘉義市立美術館
Chiayi Art Museum

嘉義樹木園
Chaiyi Botanical Garden

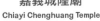

嘉義城隍廟
Chiayi Chenghuang Temple

射日塔
Chiayi Tower

台灣花磚博物館
Museum of Old Taiwan Tiles

北香湖公園
Beixiang Lake Park

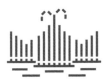

蘭潭音樂噴泉
Lan Pond Dam Scenic Area

鐵路車庫園區
Hinoki Village

製材所
Chiayi Timber Factory

文化路夜市
Wenhua Road Night Market

嘉義舊監獄
Chiayi Old Prison

中央噴水池
Central Fountain

史蹟資料館
ChiayiJ18

嘉義市立博物館
Chiayi Municipal Museum

嘉大昆蟲館
NCYU Insect Museum

北門火車站
Beimen Railway Station

嘉義文創園區
Beixiang Lake Park

嘉邑九華山地藏庵
Dizang Temple of Mt. Jiouhwa

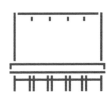

嘉義之心願景館
Vision Station

森林之歌
Song of Forest

行嘉吊橋
Hangjia Suspension Bridge

頂庄社區
Dingzhuang Community

嘉油鐵馬道
Jiayou Railway

嘉義景點地標符號

嘉義城隍廟
Chiayi-Chenghuang Temple

嘉義市立美術館
Chiayi Art Museum

嘉義公園
Chiayi Park

北香湖公園
Beixiang Lake Park

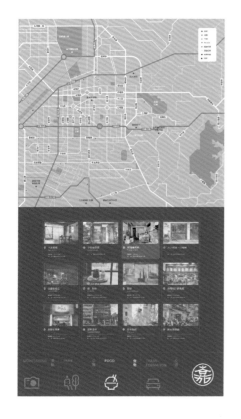

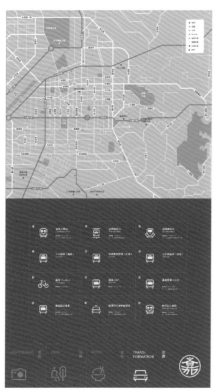

台灣設計展在嘉義—嘉義城市指標

現在即是創造未來。如果在城市裡就能有互動裝置功能的輔助，更方便旅客到城市旅遊時，可透過數位電子互動介面，搜尋行程、景點、交通，更觀光客而言是更友善的觀光體驗。

Toilet

Men

Women

Accessible
Toilet

Front Desk

Elevator

Up Stairs

Down Stairs

Locker

Shower Room

Free WiFi

Kitchen

Connecting
Water Outlet

Evacuation
Ladder

Fire Extinguisher

No Pets

Staff Only

No Smoking

SOULFIT

MEN

WOMEN

TOILET

LOCKERS

BUTT AREA

LOWER AREA

CARDIO AREA

PERSONAL AREA

CARRY A TOWEL

CLEAN OFF

REBACK

ENTER

CAFE
Jelly Jelly

MEN

WOMEN

CASHIER

SEASONING

NO OUTSIDE
FOOD

NO SMOKING

Wi-Fi

TO GO

FOR HERE

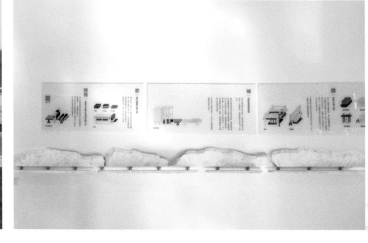

廁所
Toilet

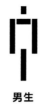
男生
Men

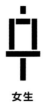
女生
Women

電梯
Elevator

辦公室
Office

無障礙廁所
Accessible Toilet

無障礙停車位
Accessible Parking

停車場
Parking

請拖鞋
Please Remove Shoes

司機簽收窗口
Driver Receipt

請配戴防音護具
Please Wear Earmuffs

哺乳室
Nursery Room

樓梯
Stairs

上
Up

右
Right

清水槽

污泥儲存區

碎石儲存區

置物櫃
Locker

滅火器
Fire Extinguisher

禁止飲食
No Drink or Food

禁止吸菸
No Smoking

禁止攝影
No Photography

禁止進入
No Entry

高壓危險
High Pressure

運動中心—指標系統設計

想改變過往指標的硬體設備方式，因運動中心為室內場館，較不怕雨淋的環境因素，透過螢幕呈現動態指標。且運動本身為「動態」形式，所以將結合動態方式呈現，場域空間、指向性標示及注意事項。

男廁
Men

女廁
Women

無障礙廁所
Accessible Toilet

樓梯
Stairs

電梯
Elevator

無障礙電梯
Accessible Elevator

無障礙淋浴間
Accessible Shower

無障礙坡道
Accessible Stairway

淋浴間
Shower

置物櫃
Lockers

販賣舖
Gift Shop

飲食區
Restaurant

垃圾桶
Trash

更衣室
Fitting Room

休息室
Lounge

哺乳室
Nursing Room

緊急服務鈴
Emergency Button

公布欄
Billboard

停車場
Parking

服務台
Information

羽球場
Badminton Court
バドミントン場

2F

桌球空間 | 高爾夫模擬場 | 舞蹈教室
Table Tennis | Golf | Dance Studio

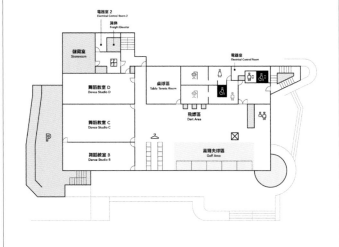

電器室 2
Electrical Control Room 2

貨梯
Freight Elevator

儲藏室
Storeroom

電器室
Electrical Control Room

舞蹈教室 D
Dance Studio D

桌球區
Table Tennis Room

舞蹈教室 C
Dance Studio C

飛鏢區
Dart Area

舞蹈教室 B
Dance Studio B

高爾夫球區
Golf Area

P

現在位置 You are here.	男廁 Men	女廁 Women	無障礙廁所 Accessible Toilet	電梯 Elevator
逃生方向 Evacuation Direction	無障礙電梯 Accessible Elevator	淋浴間 Shower	更衣室 Changing Room	服務台 Information
	置物櫃 Lockers	停車場 Parking	滅火器 Fire Extinguisher	消防栓 Fire Hydrant

4F

壁球室
Squash Room
スカッシュ室

2F

桌球室
Table Tennis Room
卓球室

桌球室
Table Tennis Room
卓球室

壁球室
Squash Room
スカッシュ室

排球館
Volleyball Venue
バレーボールホール

高爾夫球練習場
Golf Area
ゴルフ練習場

籃球場
Basketball Court
バスケットコート

羽球場
Badminton Court
バドミントン場

(a) visual 活動主視覺

新北市
鐵道馬拉松
接力賽

—— 普悠瑪組 —— **追火車** —— 微笑號組 ——
競速 　　　　　　　　　 造型

| 1 5.2km woman | 2 14.5km | 3 5.7km | 4 5.8km | 5 4.0km | 6 4.0km | 7 8.4km |

福容大飯店>舊草嶺隧道觀景台>福容大飯店>貢寮國小>雙溪高中>牡丹車站>雙溪高中

2018.4.22｜SUN｜A.M.7:00-P.M.15:00

報名時間 **2018.1.15-2.23** 　七人一組 快找朋友組團報名！ f Q Running Holidays 旅遊新北

指導單位 新北市政府　　主辦單位 新北市政府觀光旅遊局　　承辦單位 愛創意有限公司　　合作單位 展通虹策略整合行銷股份有限公司　四口田創意有限公司

新北市
鐵道馬拉松
接力賽

—— 普悠瑪組 —— **追火車** —— 微笑號組 ——
競速 　　　　　　　　　 造型

| 1 5.2km woman | 2 14.5km | 3 5.7km | 4 5.8km | 5 4.0km | 6 4.0km | 7 8.4 |

福容大飯店>舊草嶺隧道觀景台>福容大飯店>貢寮國小>雙溪高中>牡丹車站>雙溪高中

2018.4.22｜SUN｜A.M.7:00-P.M.15:0

報名時間 **2018.1.15-2.23** 　七人一組 快找朋友組團報名！ f Q Running Holidays 旅遊新北

指導單位 新北市政府　　主辦單位 新北市政府觀光旅遊局　　承辦單位 愛創意有限公司　　合作單位 展通虹策略整合行銷股份有限公司　四口田創意有限公司

新北市
鐵道馬拉松
接力賽

—— 普悠瑪組 —— **追火車** —— 微笑號組 ——
競速 　　　　　　　　　 造型

| 1 5.2km woman | 2 14.5km | 3 5.7km | 4 5.8km | 5 4.0km | 6 4.0km | 7 8.4km |

福容大飯店>舊草嶺隧道觀景台>福容大飯店>貢寮國小>雙溪高中>牡丹車站>雙溪高中

2018.4.22｜SUN｜A.M.7:00-P.M.15:00

新北市
鐵道馬拉松
接力賽

—— 普悠瑪組 —— **追火車** —— 微笑號組 ——
競速 　　　　　　　　　 造型

| 1 5.2km woman | 2 14.5km | 3 5.7km | 4 5.8km | 5 4.0km | 6 4.0km | 7 8.4 |

福容大飯店>舊草嶺隧道觀景台>福容大飯店>貢寮國小>雙溪高中>牡丹車站>雙溪

2018.4.22｜SUN｜A.M.7:00-P.M.15:0

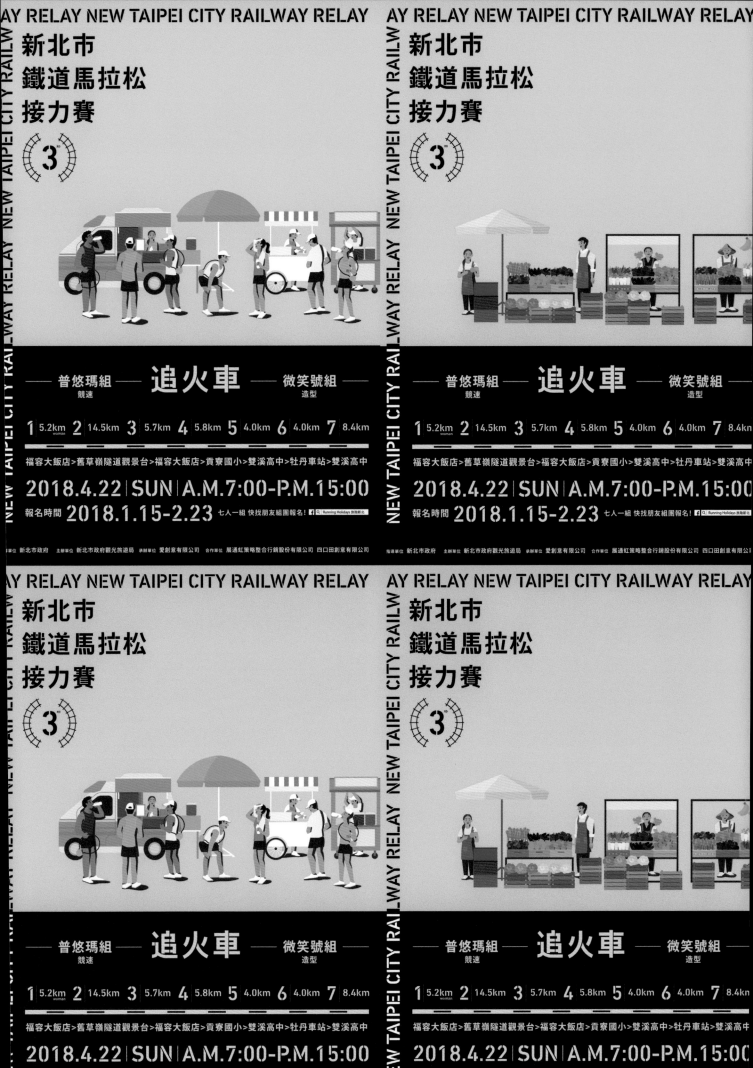

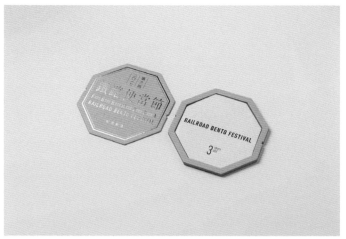

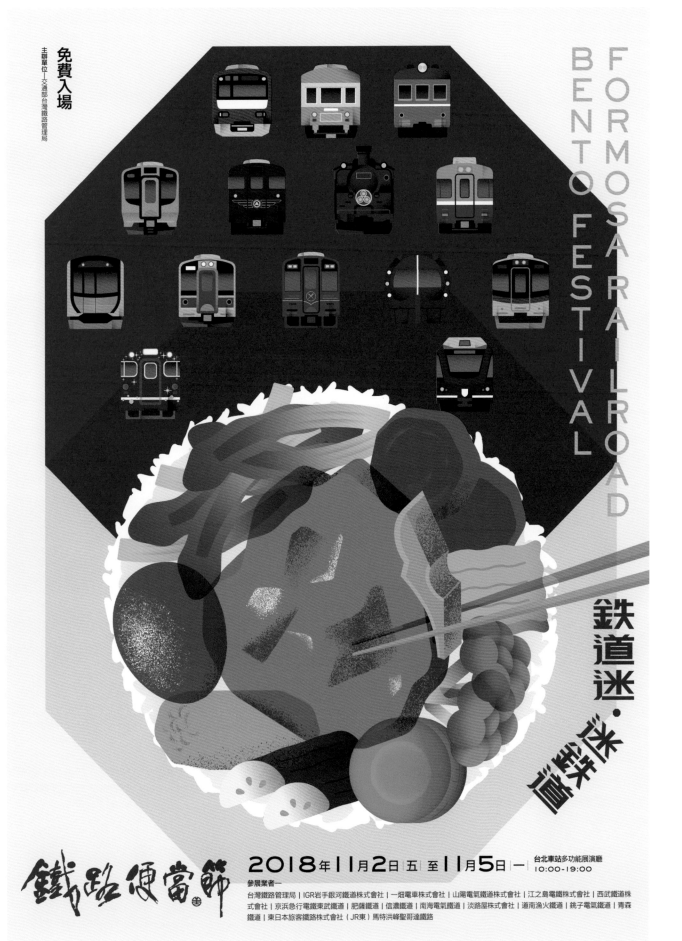

BENTO FESTIVAL

FORMOSA RAILROAD

鉄道迷・迷鉄道

鐵路便當節

2018年11月2日[五]至11月5日[一]　台北車站多功能展演廳
10:00-19:00

參展業者—

台灣鐵路管理局｜IGR岩手銀河鐵道株式會社｜一畑電車株式會社｜山陽電氣鐵道株式會社｜江之島電鐵株式會社｜西武鐵道株式會社｜京浜急行電鐵東武鐵道｜肥薩鐵道｜信濃鐵道｜南海電氣鐵道｜淡路屋株式會社｜道南漁火鐵道｜銚子電氣鐵道｜青森鐵道｜東日本旅客鐵路株式會社（JR東）馬特洪峰聖哥達鐵路

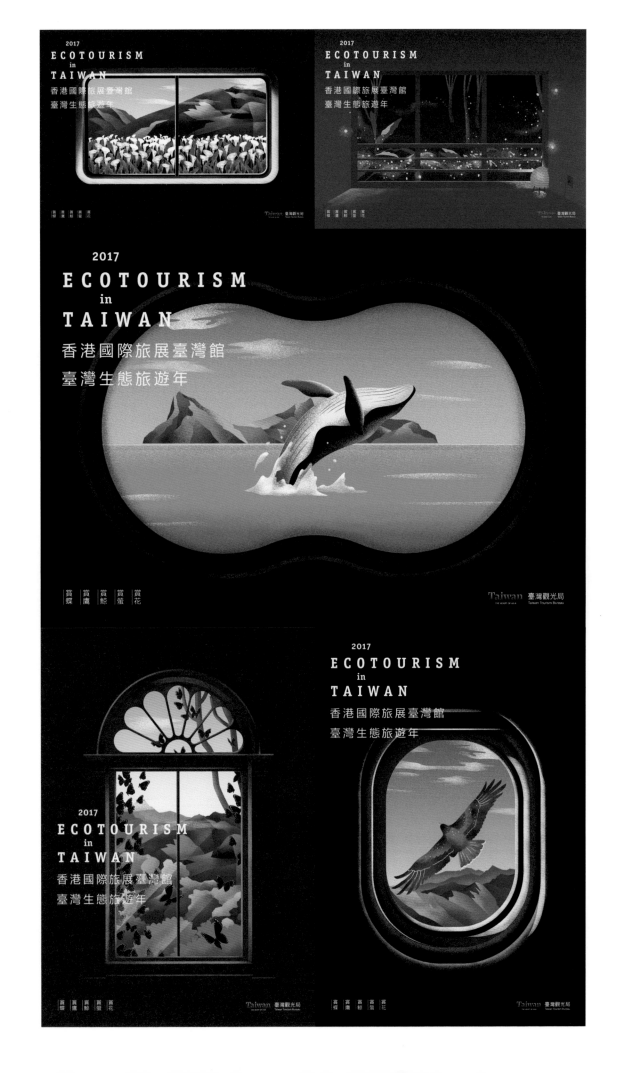

主辦單位：高雄市政府觀光局 | 合辦單位：衛武營國家藝術文化中心

2022.11.05 (日) 台北—華中露營場
2022.10.15(六)-16(日) 高雄—衛武營國家藝術文化中心

學校午餐廚房
School Lunch Kitchen

Tea Wave　茶　　香　　流

策展人：顧瑋、劉真蓉、馮忠恬

展覽地點

新芳春茶行
Sin Hong Choon

Tea Wave　動

主辦單位：擇食股份有限公司

Tea Wave

展覽時間

May 30

November 15

每日10:00~19:00
週一休館

Tea Wave

指導單位：財團法人台灣文創發展基金會

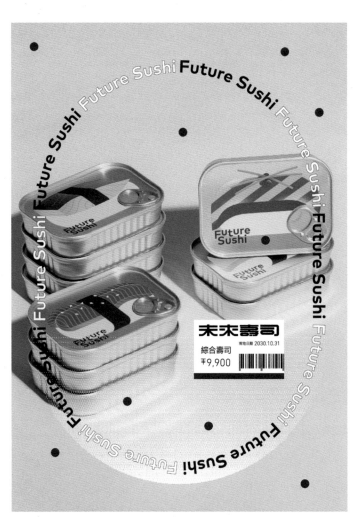

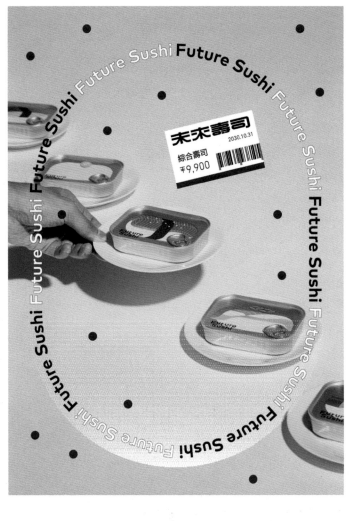

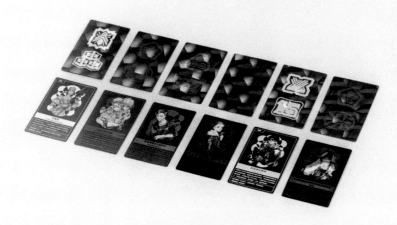

水痘＆帶狀疱疹
Varicella & Herpes Zoster

萊姆病
Lyme Disease

日本腦炎
Japanese Encephalitis

登革熱
Dengue Fever

鼠疫
Plague

結核病
Tuberculosis

嚴重特殊傳染性肺炎
COVID-19

恙蟲病
Tsutsugamushi Disease

屈公病
Chikungunya Fever

茲卡病毒感染症
Zika Virus Infection

新型A型流感
Novel Influenza A Virus Infections

梅毒
Syphilis

急性病毒性D型肝炎
Acute Hepatitis D

急性病毒性C型肝炎
Acute Hepatitis C

急性病毒性B型肝炎
Acute Hepatitis B

腸病毒
Enterovirus

這，不會考2
QUESTIONS

狂犬病
Rabies

鉤端螺旋體病
Laptospirosis

伊波拉病毒感染
Ebola Virus Disease

TRY TRY TRY TRY
TRY TRY TRY TRY
TRY TRY TRY TRY
TRY TRY TRY TRY
TRY TRY TRY TRY
TRY TRY TRY TRY
TRY TRY TRY TRY
TRY TRY TRY TRY

高雄市政府文化局　Bureau of Cultural Affairs Kaohsiung City Government　THE PIER-2 ART CENTER

青春
設計節

Youth
Innovative
Design
Festival

2019
MAY.11 — MAY.19

THE PIER-2 ART CENTER 高雄駁二

Youth Innovative Design Festival

MAY.11 — 19

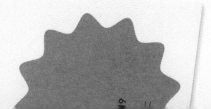

互動科技與遊戲設計類
3D Modeling and Product Design

立體造型暨產品設計類
Digital and Technology Game Design

空間設計類
Spatial Design

場地設計競賽
Exhibition Space Deisgn

視覺傳達設計類
Visual Communication Deisgn

Youth
Innovative
Design
Festival

青春
設計
節

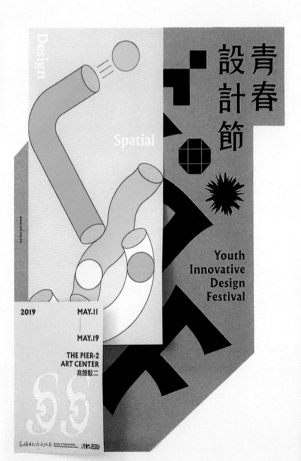

青春設計節
Youth
Innovative
Design
Festival

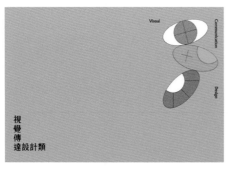

Visual
Communication
Design

視覺傳達設計類

金 獎
GOLD AWARD

夜市文物館
一次告別未來市井商品

The Artifacts of Night-Market
Publishing in the Future

銀 獎
SILVER AWARD

國家公園聯盟
TAIWAN NATIONAL
PARK LEAGUE

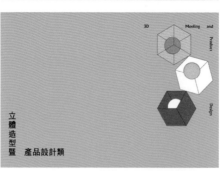

3D Modeling and
Product Design

立體造型暨
產品設計類

金 獎
GOLD AWARD

岩彩
Taiwan
Mineral Pigment

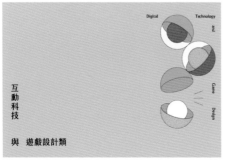

Digital Technology
and
Game Design

互動科技
與 遊戲設計類

銅 獎
BRONZE AWARD

建築旁的小學
Building side
Primary school

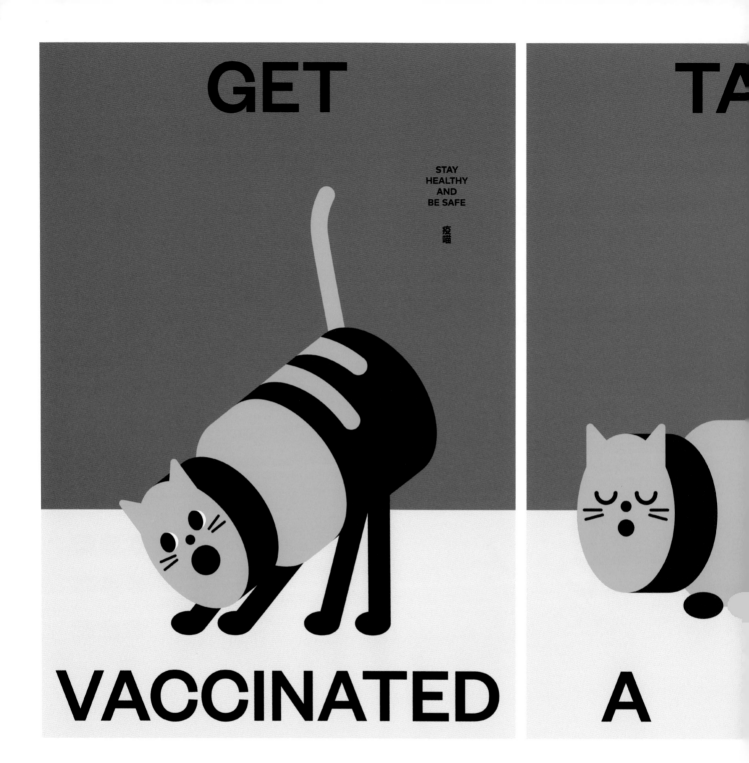

KE

STAY
HEALTHY
AND
BE SAFE

疫喵

HAVE

STAY
HEALTHY
AND
BE SAFE

疫喵

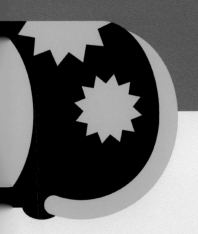

REST A NICE DAY

全館 (部分櫃位除外)
滿 **3000** 送 SMART CARD **600** 點
或 300廣三SOGO商品禮券

化妝品
滿 **2000** 送 SMART CARD **400** 點
或 200廣三SOGO商品禮券

1F、2F 名店、珠寶 | 10F 大家電
滿 **5000** 送 SMART CARD **1000** 點
或 500廣三SOGO商品禮券

化妝品加碼送 首13日9.20(三)-10.2(一)
滿 **10000** 送 SMART CARD **1000** 點
或 200廣三SOGO商品禮券

生 日 慶

KSSOGO
TAICHUNG
25th
ANNIVERSARY

週

KSSOGO
TAICHUNG
25th
ANNIVERSARY

全館 (部分櫃位除外)
滿 **3000** 送 SMART CARD **600**
或 300廣三SOGO商品

1F、2F 名店、珠寶 | 10F 大家
滿 **5000** 送 SMART CARD **1000**
或 500廣三SOGO商品

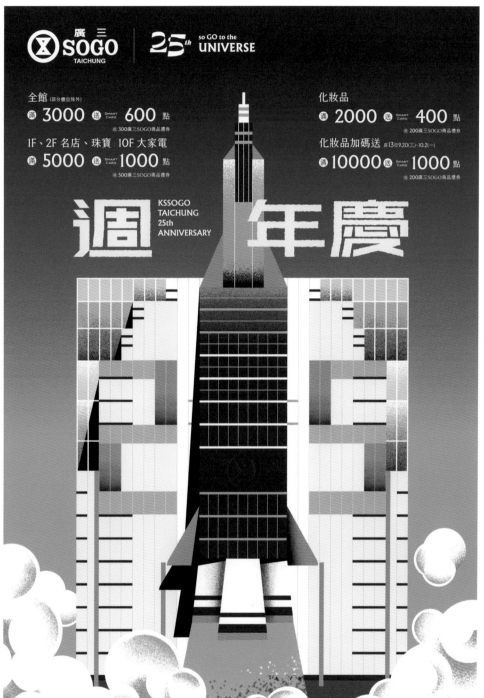

孩子的書屋感恩音樂會

愛 這世界

MISAHARAN
INI NA
PUNAPUNAN

2023年11月4日

at.臺北表演藝術中心｜大劇院

SESSIONS 1｜14:00-16:30

SESSIONS 2｜19:00-21:30

主辦單位

孩子的書屋感恩音樂會

MISAHARAN
INI NA
PUNAPUNAN

愛　這世界

2023年11月4日

at.臺北表演藝術中心｜大劇院

SESSIONS 1 ｜14:00-16:30

SESSIONS 2 ｜19:00-21:30

主辦單位　孩子的書屋 KIDS' BOOKHOUSE

9th Joint Exhibition of Artist
from the 8 Counties in the North of Taiwan
第九屆
北臺八縣市藝術家聯展

無限 視界

Infinite Perspectives

Date 日期
2023.12.1—2024.1.17

Location 地點
新北市藝文中心第一第二展覽室

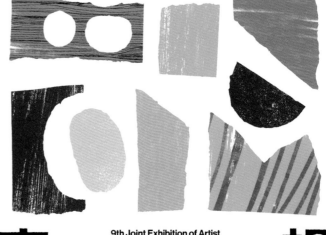

9th Joint Exhibition of Artist
from the 8 Counties in the North of Taiwan
第九屆
北臺八縣市藝術家聯展

無限 視界

Infinite Perspectives

Date 日期
2024.4.18—2024.5.19

Location 地點
苗栗縣政府文化觀光局 第一展覽室

9th Joint Exhibition of Artist
from the 8 Counties in the North of Taiwan
第九屆
北臺八縣市藝術家聯展

無限 視界

Infinite Perspectives

Date 日期
2024.8.3—2024.8.14

Location 地點
臺北市藝文推廣處2樓ＢＣ展覽室

9th Joint Exhibition of Artist
from the 8 Counties in the North of Taiwan
第九屆
北臺八縣市藝術家聯展

無限 視界

Infinite Perspectives

Date 日期
2024.1.24—2024.2.18

Location 地點
桃園市政府文化局 第一及第二展覽室

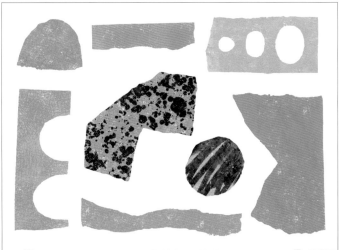

9th Joint Exhibition of Artist
from the 8 Counties in the North of Taiwan
第九屆
北臺八縣市藝術家聯展

視界

Infinite
Perspectives

Date 日期
2024.6.19—2024.7.7

Location 地點
新竹縣政府文化局美術館 101 102 展覽廳

9th Joint Exhibition of Artist
from the 8 Counties in the North of Taiwan
第九屆
北臺八縣市藝術家聯展

視界

Infinite
Perspectives

Date 日期
2024.3.27—2024.4.14

Location 地點
新竹市文化藝廊

9th Joint Exhibition of Artist
from the 8 Counties in the North of Taiwan
第九屆
北臺八縣市藝術家聯展

視界

Infinite
Perspectives

Date 日期
2024.6.4-2024.6.16

Location 地點
基隆美術館3樓

9th Joint Exhibition of Artist
from the 8 Counties in the North of Taiwan
第九屆
北臺八縣市藝術家聯展

視界

Infinite
Perspectives

Date 日期
2024.7.11—2024.7.28

Location 地點
宜蘭中興文化創意園區 興創館

(a) package

包裝設計

140

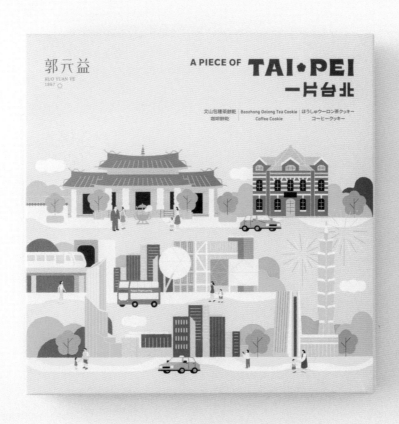

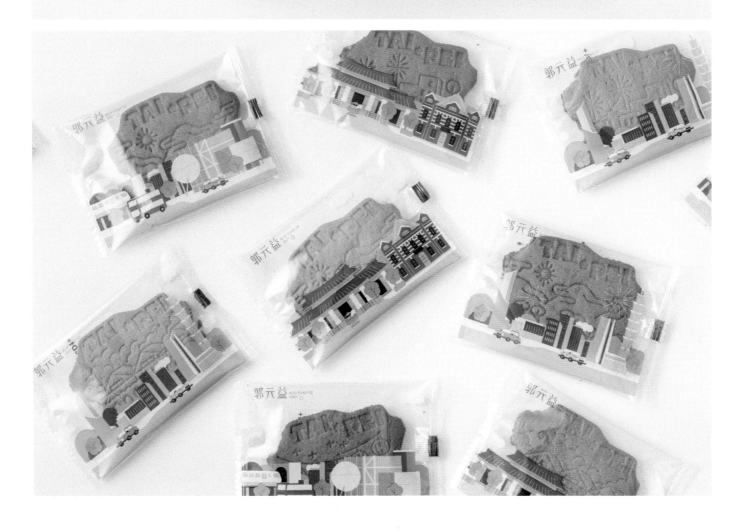

SHORTBREAD
SANDWICH COOKIE
濃厚系夾心奶酥

KUO YUAN YE
Café

SHORTBREAD
SANDWICH COOKIE
濃厚系夾心奶酥

KUO YUAN YE
Café

146

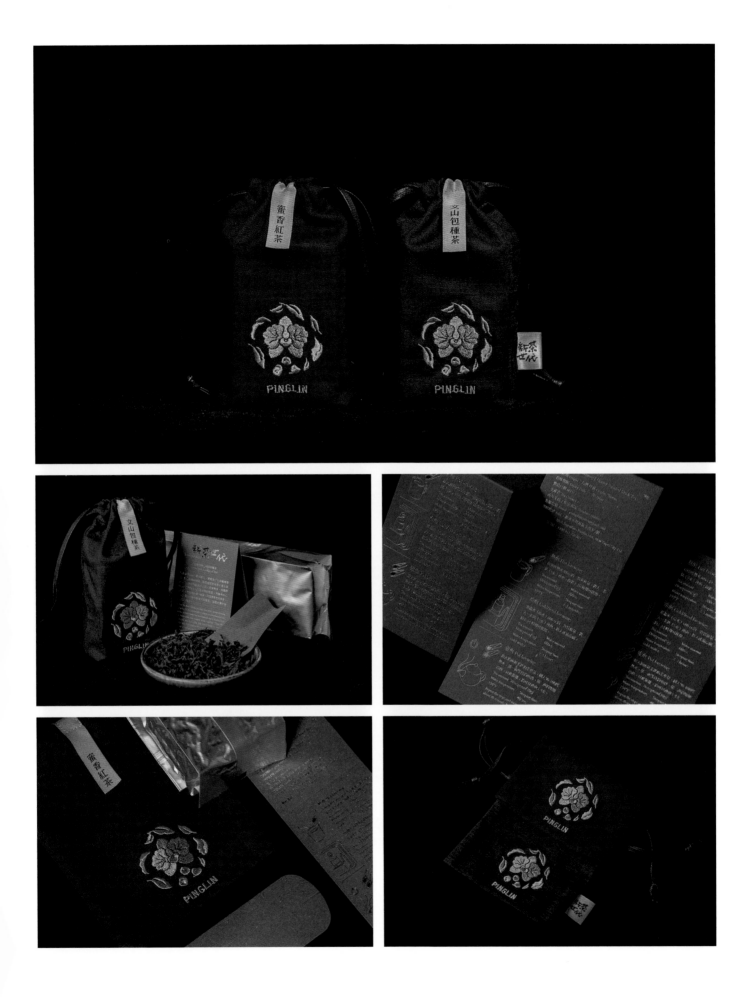

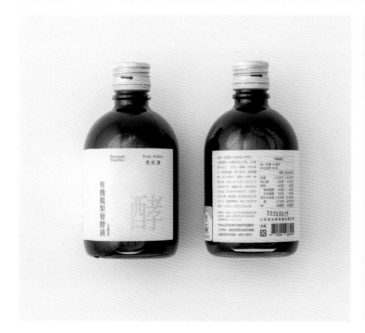

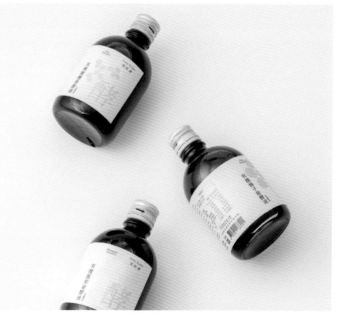

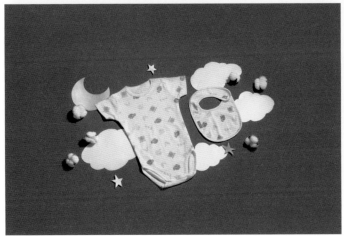

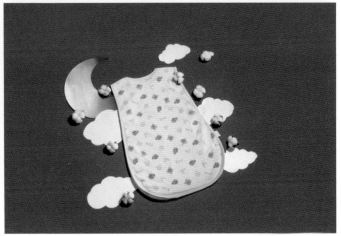

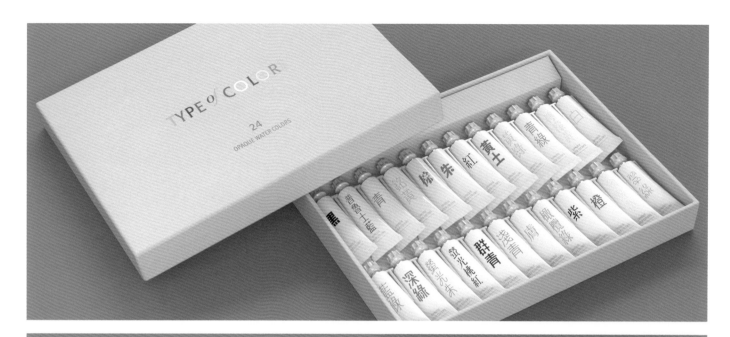

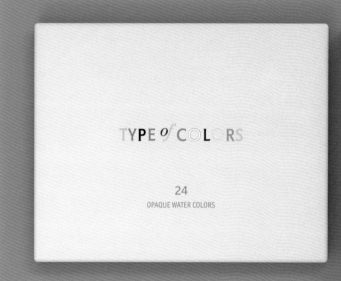

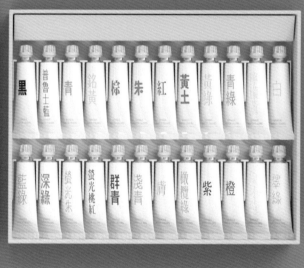

黑 **BLACK**

白 WHITE

普魯士藍 **PRUSSIAN BLUE**

青 COBALT BLUE

銘黃 CHROME YELLOW

黃土 **GOLDEN OCHRE**

棕 **REDDISH BROWN**

朱 Vermilion

紅 RED

黃綠 YELLOW GREEN

青綠 Viridian

檸檬黃 LEMON YELLOW

象牙黃 Ivory Yellow

橙 Orange

紫 Purple

膚 Flesh

淺青 Light Blue

群青 Ultramarin

螢光桃紅 Fluorescent Pink

螢光朱 Fluorescent Vermilion

深綠 Olive Green

藍綠 Teal

橄欖綠 Oliver Green

an) advertising

形象廣告｜宣導海報

自我防衛

身邊發生異常狀況時，善用手邊物品進行防衛，並安全遠離危險
危險があるとき、身の安全を守りながら逃げましょう
When emergency happens, use your belongings for
self-protection and stay away from the dangers.
이상한 상황이 발생할 때 몸 어려울 수 있는 물건을
사용하고 안전하게 멀리 하십시오.

緊握吊環

請緊握吊環以避免發生危險
必ずつり革や手すりを持ってください
Hold the handrail and stand still.
위험을 위해 손잡이를 꽉 잡이 지시오.

留意月台

關門警示聲響，請勿強行上車
駆け込み乗車はおやめください
Please mind the platform gap and stay clear of
the closing doors.
스크린도어 경고음이 울리면 강제로 들어가지 마십시오.

臺灣世界設計之都
設 在 臺
計　　北
World
Design Capital
Taipei 2016
Adaptive City
Design in Motion

metro Taipei

請勿奔跑

請勿在月台奔跑嬉戲，以免造成危險
大変危険ですので、ホームや通路では走らないでください
No running.
위험을 일으키지 않도록 승강장에서 놀거나 뛰지 마십시오.

臺灣世界設計之都
設 在 臺
計　　北
World
Design Capital
Taipei 2016
Adaptive City
Design in Motion

metro Taipei

小心夾手
Mind your hands!

小心夾手
Mind your hands!

幸福滿座
Thank you

充電站
Charging Station

禁止吸菸
No smoking
喫煙禁止

博愛座 優先席 Priority Seats

請讓座給有需要的人 Please yield your seat to those in need / the elderly and infirm.

請記得隨身物品
Don't forget your
belongings

禁止飲食
No food or drink
飲食禁止

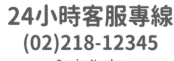

24小時客服專線
(02)218-12345
Service Number

視障優先椅
Priority Seat

為了您的安全
請緊握吊環、扶手
For your safety, please hold on to handrails or
metro handle at all times.

讓座給老弱婦孺
Please stay clear of the closing doors.
あなたが入力したときにドアを閉めないでください

請勿倚靠車門
Do not lean on/againnst the door.
ドアにもたれたりしないでください

關門時請勿進出
Please stay clear of the closing doors.
あなたが入力したときにドアを閉めないでください

小心月台間隙
Mind the platform gap
プラットフォームのギャップに注意

請勿在門口滑手機
妨礙他人出入

Please do not stand in the doorway to slow down the train service.

乗り降りの妨げになる為、
ドア付近でのスマートフォン利用は
ご遠慮ください

請勿在車廂內
玩耍、嬉鬧造成他人困擾

Playing noisily to disturb others in the train is forbidden.

他のお客様の迷惑になるので、
車内で大声を出したり
騒いだりしないでください

請避免攜帶
氣味濃厚的食物上捷運

Avoid carrying food with strong smell into MRT train.

匂いが強い食べ物の、
車内への持ち込みはご遠慮ください

使用手機、平板
欣賞影音請戴上耳機、
並降低音量

Low down the volume when using electronics.

スマートフォンやタブレットでの
動画・音楽の観賞時は、
イヤホンを使用し、
音量を下げてください

博愛座 優先席
Priority Seats

請讓座給有需要的人
Please yield your seat to those in need / the elderly and infirm.

 ### 禁止吸菸
No smoking
喫煙禁止

24小時客服專線
(02)218-12345
Service Number

www.metro.taipei

為了您的安全
請緊握吊環、扶手
For your safety, please hold on to handrails or metro handle at all times.

禁止飲食
No food or drink
飲食禁止

讓座給老弱婦孺
Please yield your seat to those in need / the elderly and infirm.

請勿倚靠車門
Do not lean on/against the door.

小心月台間隙
Mind the platform gap.

關門時請勿進出
Please stay clear of the closing doors.

165

NEW TAIFEI
YOUTH
證明你的
專業
‼
新北市政府
青年事務委員會

NEW TAIFEI
YOUTH
點燃你的
熱血
‼
新北市政府
青年事務委員會

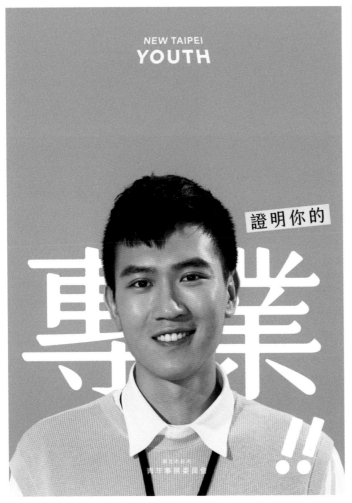

NEW TAIPEI
YOUTH
證明你的
專業
‼
青年事務委員會

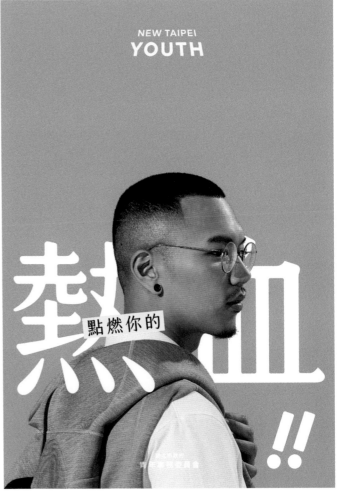

NEW TAIPEI
YOUTH
點燃你的
熱血
‼

出発吧！津山
Go! Tsuyama

在
生
活
裡
感
動

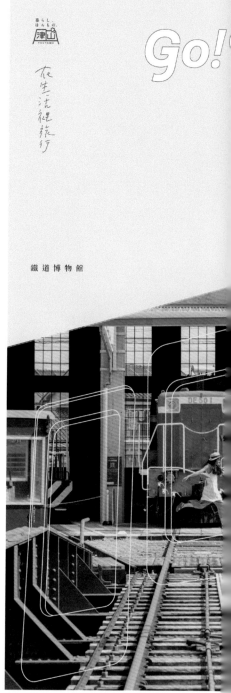

Go!

在
生
活
裡
旅
行

鐵道博物館

Tsuyama

Go! Tsuyama

津山城

the NEXT PAGE of
NEW TAIPEI CITY
台湾・新北市
·TAIWAN·

貢寮区｜福連国小レインボー階段
Gongliao Dist.｜The Rainbow Stairs of Fulian Elementary School

台北⇄福隆
TRA
自強号 **64**分

the NEXT PAGE of
NEW TAIPEI CITY
台湾・新北市
·TAIWAN·

双渓区
Shuangxi Dist.

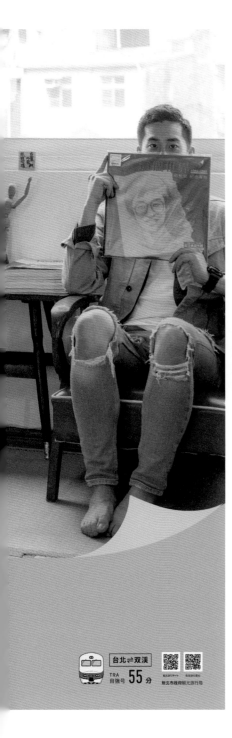

the NEXT PAGE of
NEW TAIPEI CITY
·TAIWAN·
台湾・新北市

双渓区 | 双渓（2つの川）の合流処での旧邸
Shuangxi Dist. | Historical Mansion at confluence
(of Pinglin Creek and Mudan Creek)

台北⇌双渓
TRA
自強号 **55**分

the NEXT PAGE of
NEW TAIPEI CITY
·TAIWAN·
台湾・新北市

双渓区｜牡丹駅
Shuangxi Dist.｜Mudan Station

台北⇄牡丹
区間車 61 分
新北市政府観光旅行局

the NEXT PAGE of
NEW TAIPEI CITY
·TAIWAN·
台湾・新北市

貢寮区｜旧草嶺トンネル
Gongliao Dist.｜Caoling Tunnel

the NEXT PAGE of
NEW TAIPEI CITY
·TAIWAN·
台湾·新北市

双渓区、貢寮区｜駅伝競走マラソン
Shuangxi Dist., Gongliao Dist. | Railway Relay

台北 ⇄ 福隆
TRA
自強号 **64**分
新北市政府観光旅行局

台北 ⇄ 福隆
TRA
自強号 **64**分
新北市政府観光旅行局

Do you love me
as I love you

可不可以
你也剛好
喜歡我

Do you love me
as I love you

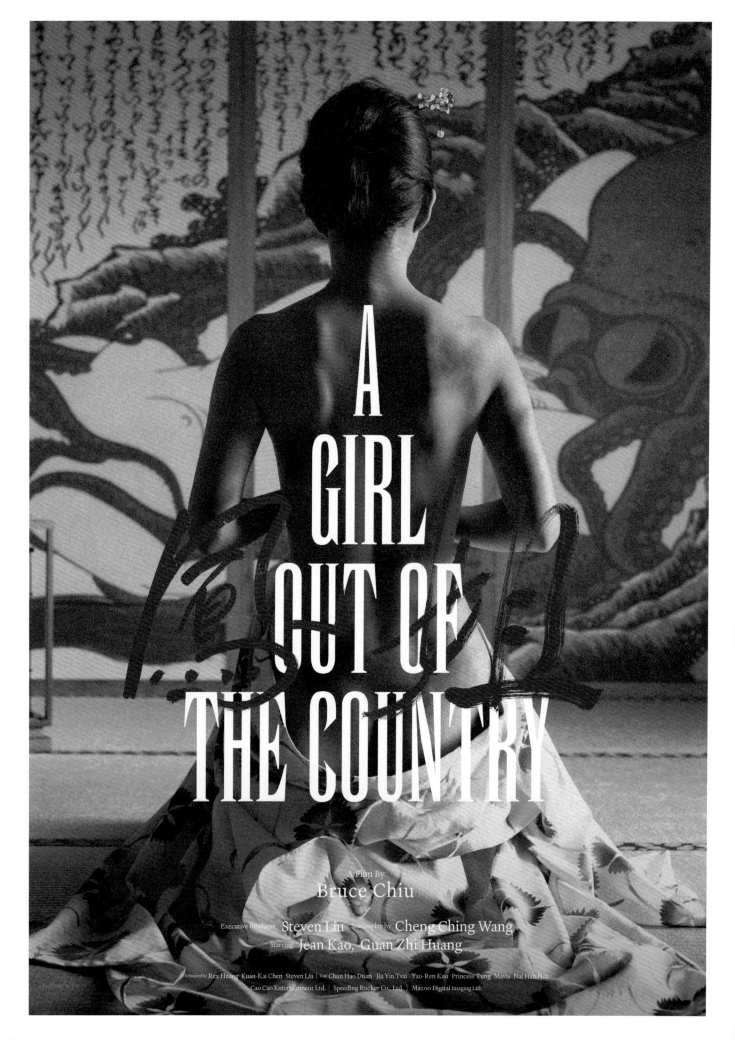

(an) album 專輯設計

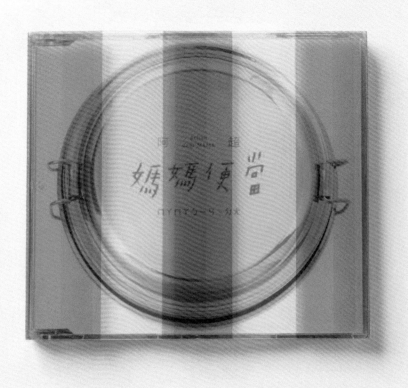

184

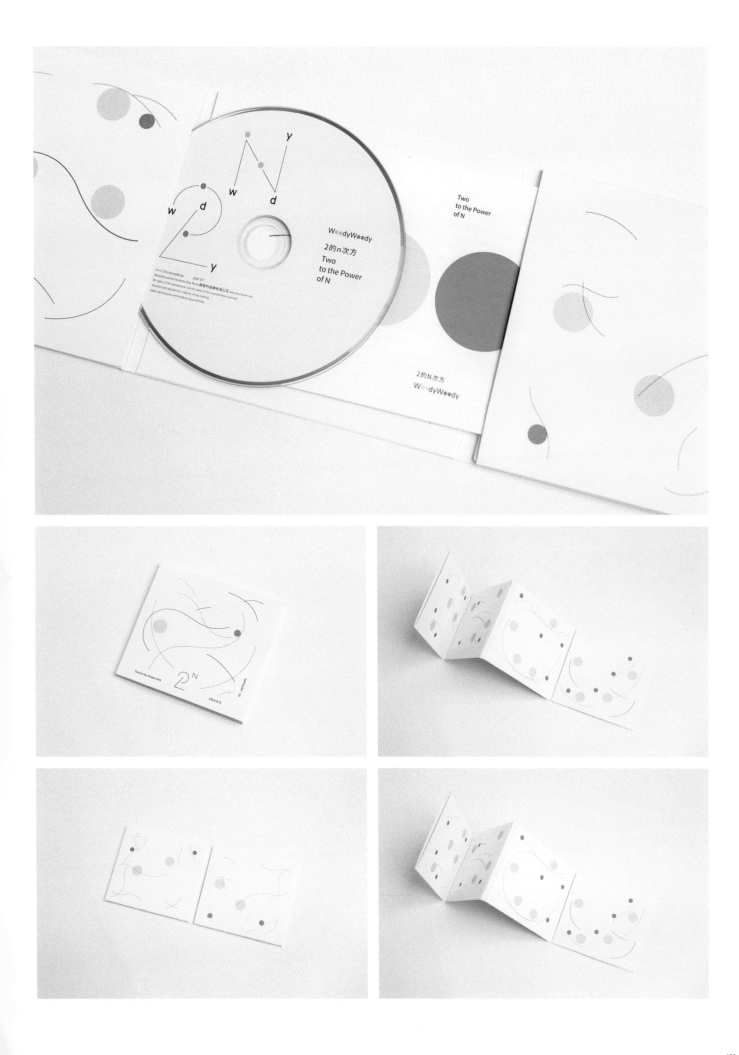

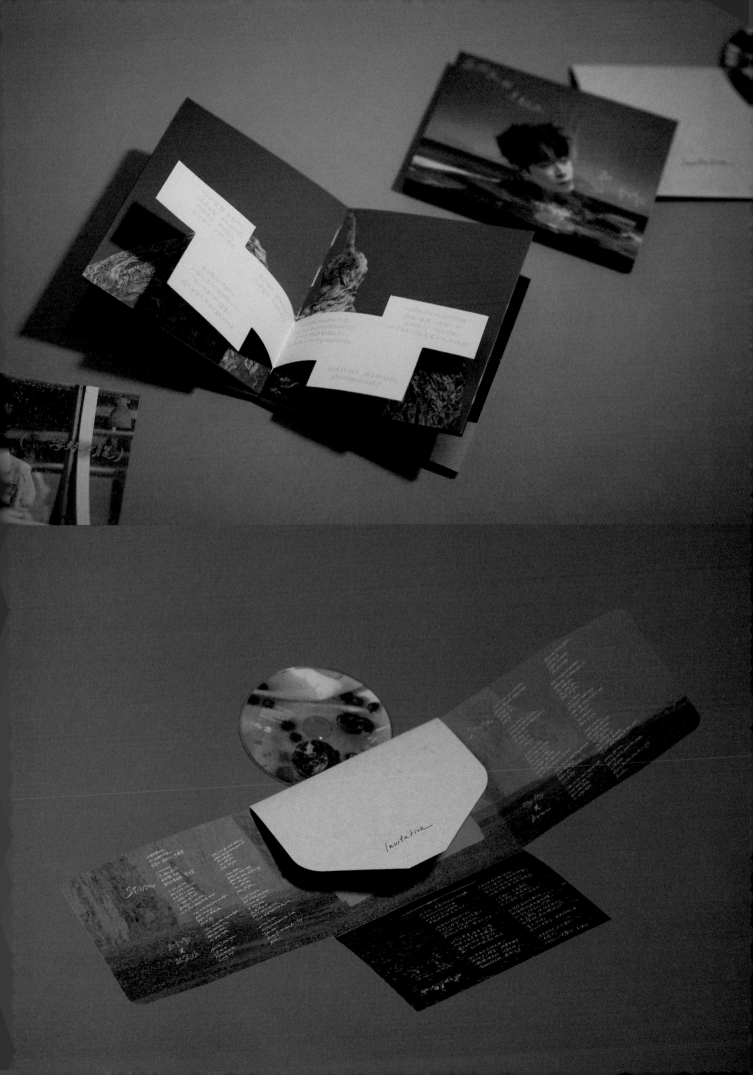

194

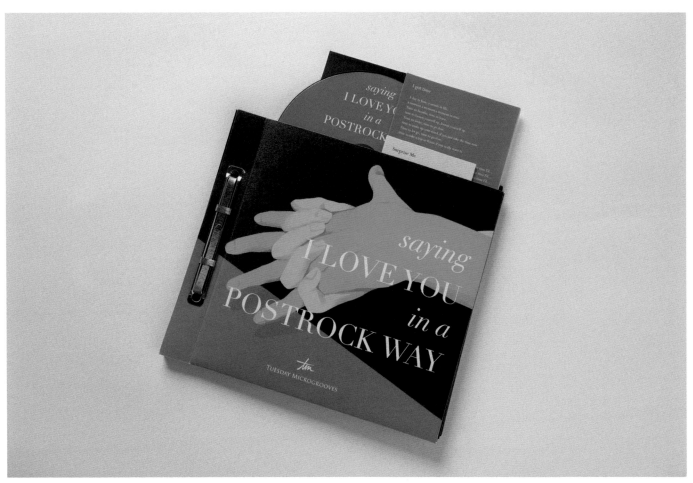

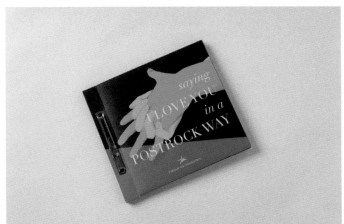

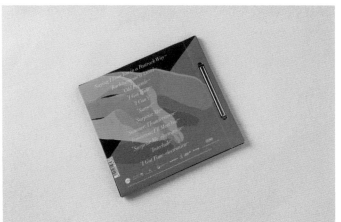

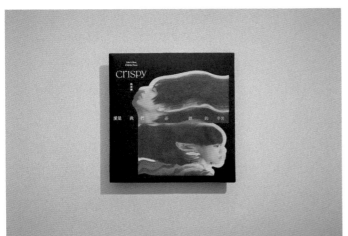

(a) book&layout 書籍與編排設計

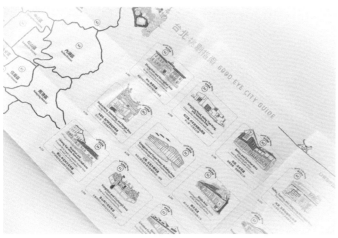

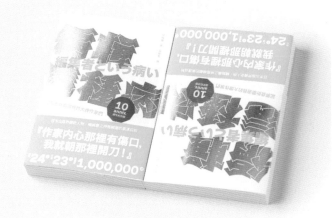

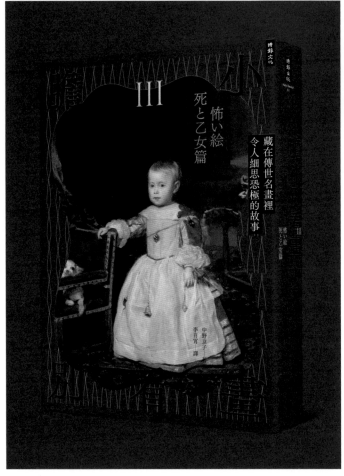

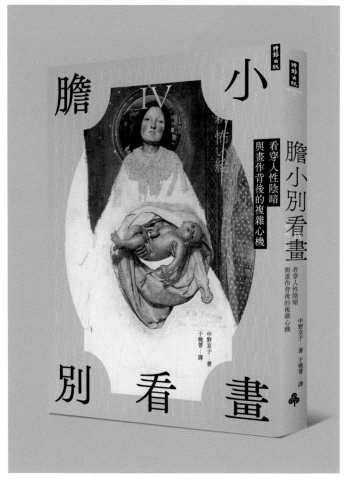

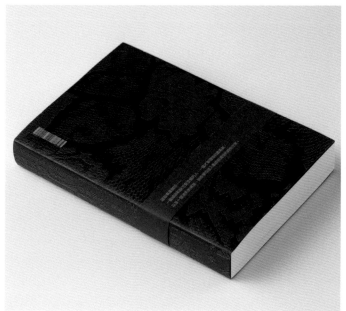

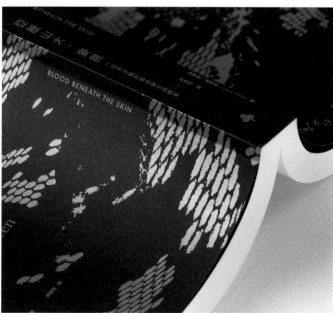

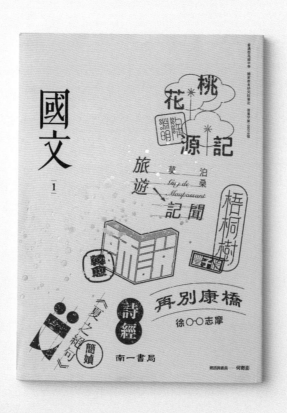

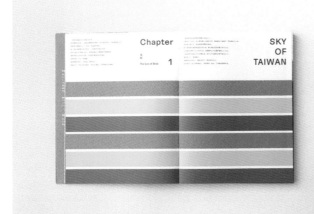

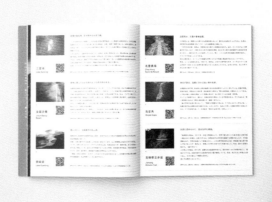

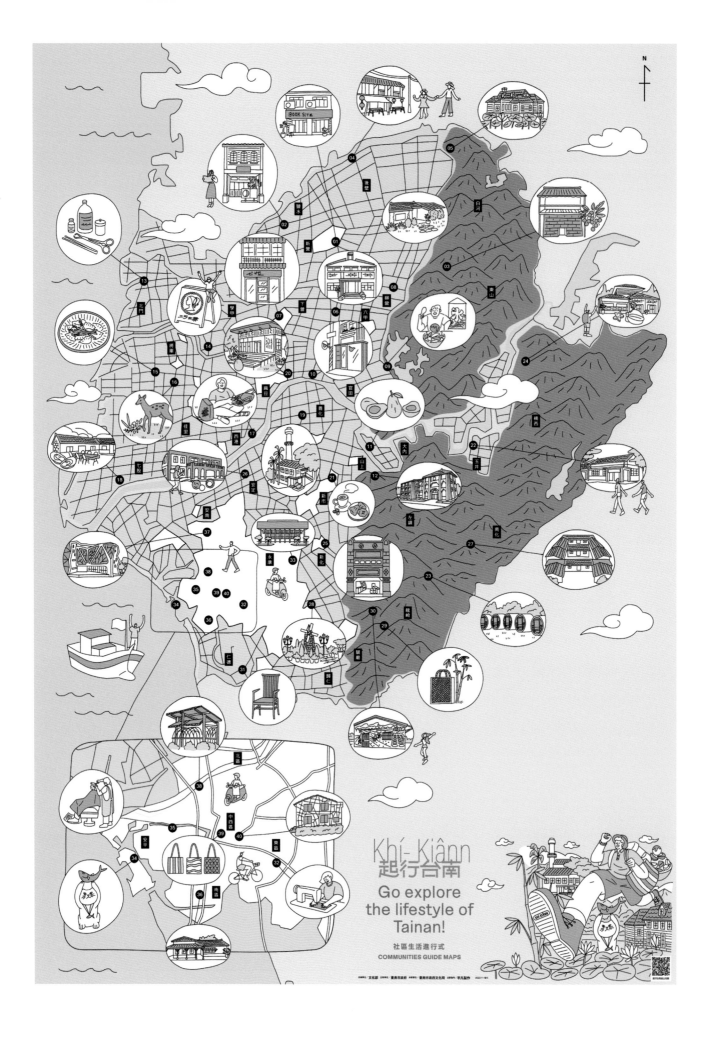

Khí-Kiânn
起行台南
Go explore
the lifestyle of
Tainan!

社區生活進行式
COMMUNITIES GUIDE MAPS

Khí-Kiânn

起行台南
Go explore the lifestyle of Tainan!
社區生活進行式

從南到北、由東向西，從原野到漁村、再由土窯到竹林，
作為臺灣歷史起點的臺南市，蘊含著豐富迷人的人文地景，
每一處城區街廓，自然也生長出屬於自己的文化風景，
每一隅創生空間，都潛藏著返鄉青年們扎根土壤的地方精神，
你可以邁步在紅磚青瓦的百年老厝，感受以時間煨煮的風土人情；
你可以行走在與節氣共生的廣袤田野，發現以真情入味的生活風景。
跟著《起行臺南》，沿著地圖指引，開啟一道透過地方創生重識臺南的嶄新途徑，
讓我們即刻起身，走進這個魅力獨具的文化城市，展開一場深入臺南肌理的人文行旅！

01 新營
曦書店

02 鹽水
月之美術館

03 東山
家·農場（農舍土窯）

04 後壁
後壁俗女村

05 白河
稻荷咖啡工作坊

06 六甲
林鳳螢禾社

07 下營
七逃藝術

08 柳營
農農聚場

09 官田
村是遊戲小島

10 官田
菱炭森活館

11 大內
石子瀨社區

12 山上
山上花園水道博物館

13 北門
臺灣烏腳病醫療紀念館

14 學甲
巧婦織布工藝工作室

15 將軍
地利小食

16 佳里
漳洲社區（農情漳洲─鹿有裡）

17 西港
蘭草工坊

18 七股
股份魚鄉

19 善化
溪美社區

20 麻豆
吉園休閒農場

21 新市
張氏農場

22 玉井
噍吧哖事件紀念園區

23 左鎮
公館社區

24 楠西
密枝社區─果農之家

25 新化
長泰西藥房

26 安定
古寶無患子觀光工廠

27 南化
西埔社區

28 仁德
七甲花卉園區

29 歸仁
臺南市竹會（百竹園）

30 關廟
新光社區

31 仁德
臺南·家具產業博物館

32 東區
Do+T多加思所

33 永康
臺南市立圖書館新總館

34 安平
虱目魚主題館

35 安平
華谷理容院

36 南區
鹽埕出張所─白雪咖啡店

37 安南區
台江文化中心

38 北區
大港香草夢工坊

39 中西區
錦源興

40 中西區
銀同社區

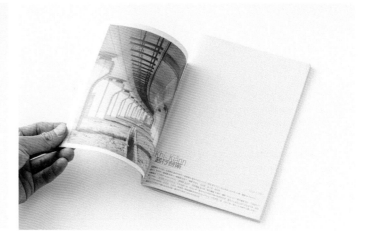

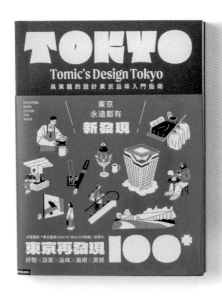

a) DM / card

摺頁、卡片

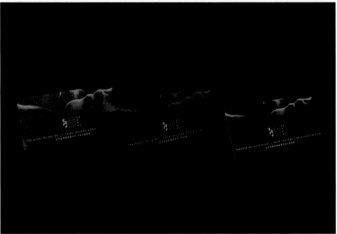

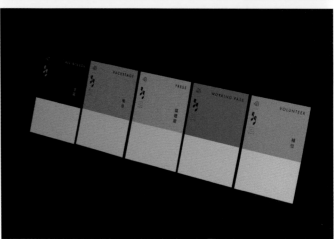

KAO HSIUNG MUSIC CENTER

About Kaohsiung Music Center

關於高雄流行音樂中心

自2009年行政院核定計畫，由文化部委託高雄市政府規劃、設計、興建，並以新形態的「行政法人」模式營運「高雄流行音樂中心」。打造臺灣流行音樂展演核心場館、培育國內流行音樂人才及產業扶植串連。除音樂展演外，更結合港灣景緻，打造觀光休憩新場域。

In 2009, the Executive Yuan recognized the need for a "Kaohsiung Music Center". The Ministry of Culture commissioned the Kaohsiung City Government to oversee its planning, design and construction. "Kaohsiung Music Center" is operated under a new form of administrative institution. The KMC is a landmark for music-related productions in Southern Taiwan that nurture domestic talent and support networking within the industry. Apart from musical attractions, the KMC architectural design is integrated into the surrounding harbor scenery to create a new tourist attraction.

音浪塔 — 音樂產業社群空間
Wave Towers – Community space for the music-related industry

海豚步道 — 5棟獨立型複合型商業空間
Dolphin Walkway – 5 Complex Commercial Spaces

珊瑚礁群 — 多功能複合空間
Coral Zone – Multifunctional space

高雄流行音樂中心 戶外園區導覽服務

自己逛，不如讓專人帶你逛！更深入了解高雄流行音樂中心

導覽類別與費用

● 高流戶外"散步"計劃 - 中文導覽 100元/人、英文導覽 150元/人
● 高流戶外"健走"計劃 - 進階戶外導覽玩法即將解鎖，敬請期待
● 聽"海音"的聲音 - 全新導覽玩法即將解鎖，敬請期待
※ 如需英文導覽，請先來信洽詢，以利安排

導覽場次

● 週二至週日 10:30、16:00 各一場，
　全長約40分鐘
※ 為顧及場域參觀品質，每場次人數上限30人，
　如該日場次預約額滿，請另行預約其他場次
※ 導覽時間依照季節有所調整

導覽方式

● 由專責導覽人員針對園區由來、建築特色、未來經營
　等導覽解說，導覽時間約40分鐘

LIVE WAREHOUSE — 南方音樂基地
South Music Base

鯨魚堤岸 — 6棟獨立場館
Whale Promenade – 6 Independent halls

預約方式

● 請於預定導覽日前7天至官網預約
　(https://kpmc.com.tw/guide/)

導覽報到集合＆攜帶相關設備

● 請於導覽時間前15分鐘至音浪塔一樓服務櫃檯集合，並完
　成報到手續，遲到10分鐘減同取消預約，並不予以退費
● 本次導覽需使用到"個人手機"及"手機專用之耳機設備"，
　請務必攜帶，以利導覽解說的進行

預約流程

● 至預約平台選定預約日期並線上匯款完成，即成功預約
　導覽
● 如有其他問題，將由高流導覽小組，以電話或Mail方式，
　與您連繫

注意事項

● 申請團體如無故未出席者，6個月內不得再預約並不退費
● 如有超出解說服務人員無法勝任且為不合理之要求者，解說服務人
　員得予拒絕
● 請遵守園區規則，以為維持良好參觀品質

聯絡我們

若有任何疑問或建議，請來信詢問
kmc_tour@kpmc.com.tw

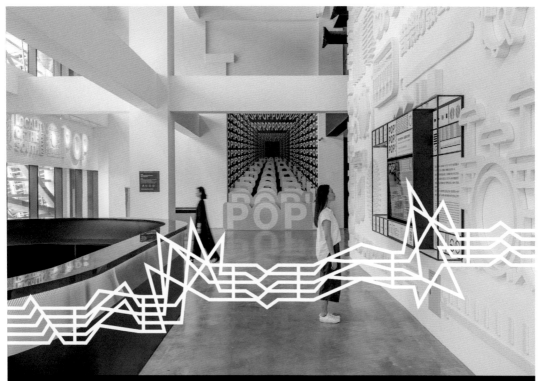

高雄流行音樂中心，就是音樂的發聲地

POP!POP!POP!

高雄流行音樂中心首檔設展「POP! POP! POP! 流行音樂互動展」為流行音樂產業綜論，貫徹「全民策展」的理念，集結公眾投稿，為流行音樂書寫開放性定義；並以「南方在地」為題，除搜羅民眾的在地關鍵字，打造互動聲音裝置，也聚焦高雄音樂人、事、物，呈現在地新音樂史，準備好展開新鮮的南方音樂之旅了嗎？

The first exhibition to be presented by Kaohsiung Music Center, "POP!POP! POP! An Interactive Journey" provides a compressive perspective on the history of pop music in Taiwan, while also incorporating elements of public curation, giving visitors a chance to voice their thoughts on what pop music is.

The "Sounds of the South" section of the exhibit focuses on the musical and cultural linage of Taiwan's southern region. Aside from including keywords in interactive sound installations representative of southern Taiwan as chosen by visitors, this area also provides an in-depth look at the culturally significant individuals and incidents in Kaohsiung's music history. Are you ready to begin your journey into the sounds of the south?

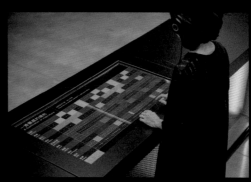

Location 展覽地點

高雄流行音樂中心｜音浪塔｜高音塔｜4-6F
Kaohsiung Music Center (4th to 6th floor, Wave Tower and Soprano Tower)

Opening Hours 展覽時間

週二至週日 10:00 - 18:00（週一固定休館）
10:00 to 18:00, Every Tuesday to Sunday
(Final admission occurs one hour prior to closing)
Closed: Every Monday, Lunar New Year's Eve, and other special holidays as announced.

Audio Tour 售票地點 / 設備租借

音浪塔1F大廳櫃檯換證租借

Ticketing 票價資訊

全票 Adult $199
閱覽優惠票
Opening discount

學生及優待票 Student and Group $149
持本國有效學生證件
20人以上團體，請先來電預約
A valid student ID will need to be presented

愛心票 Discount $99
戶籍鹽埕區及苓雅區適用，售出示相關證件
凡年滿65歲以上之長者，售出示相關證明文件
Elders above 65 (Valid IDs required)

免票入場 Free
6 歲以下或 115 公分以下之幼童（每位幼童需有一名成人持票陪同）
憑「身心障礙手冊」及其必要之陪同一位，限同時進場
Children under six or 115cm (Each child requires one paying adult's company)
Individuals with Disability Cards and one accompanying person

KKTIX購票　高雄捷運交通聯票　分享音樂記憶

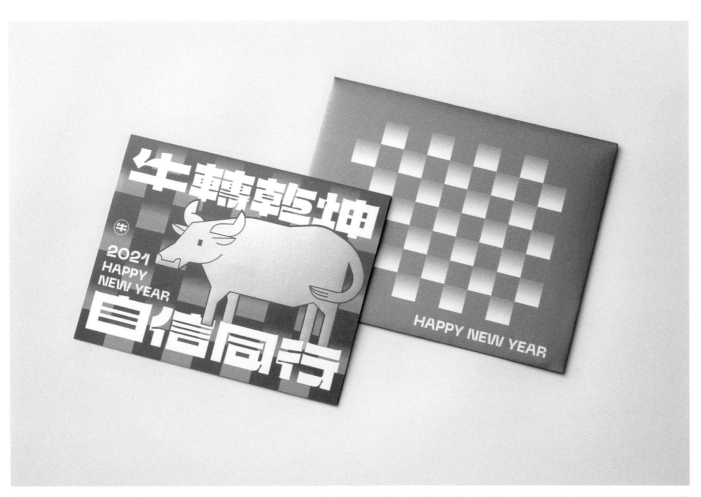

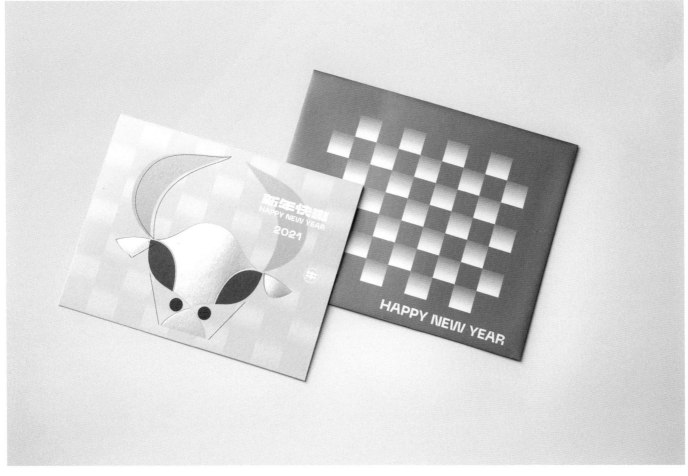

PEACE

a) printing   印刷加工與紙張樣本

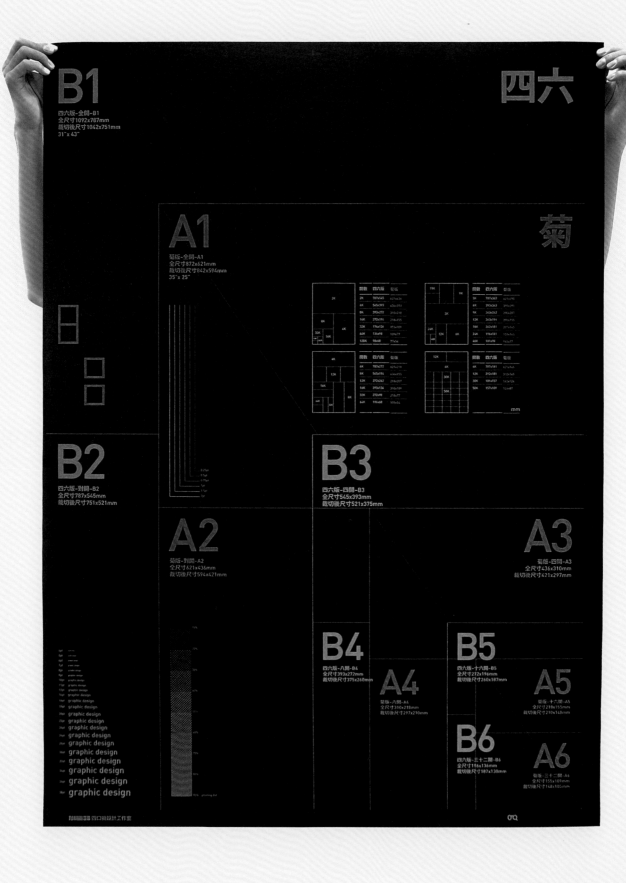

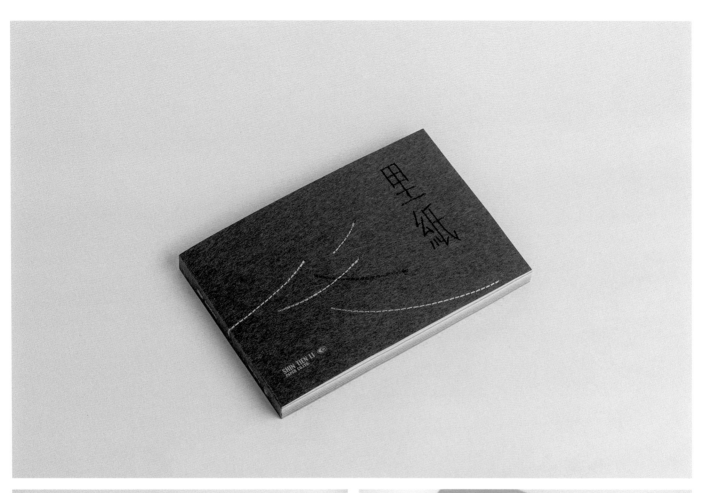

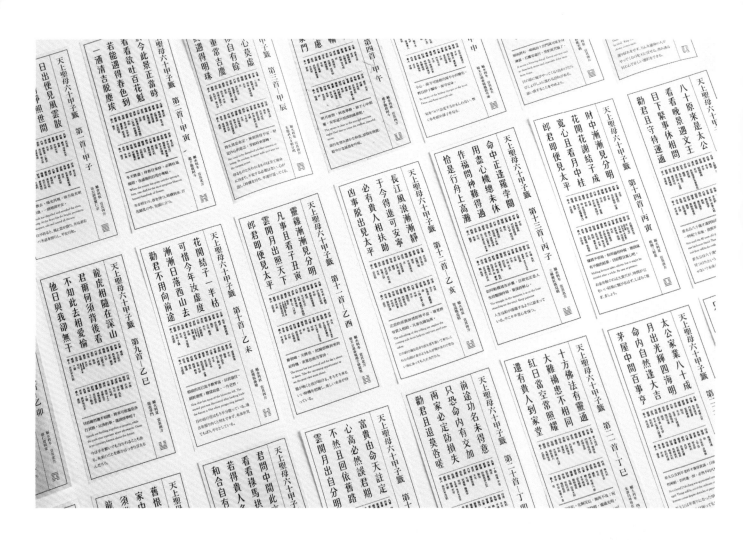

天上聖母六十甲子籤

第一次製作字體設計，以六十甲子籤內容作為中文字選字範圍，籤詩上有中文解籤且另有英、日翻譯，讓觀光客體驗台灣文化的同時，亦能理解籤詩內容。籤紙也以不同紙張材質表現，讓大眾在參與抽籤的同時，也可認識到不同紙張的紋理、樣貌。

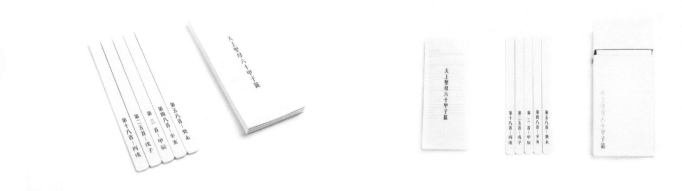

籤詩櫃選擇透明，可從外觀就明顯看到籤詩紙質、顏色的不同。

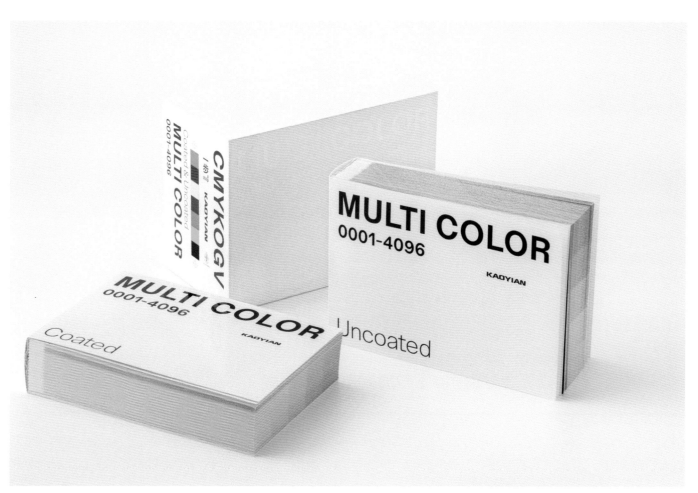

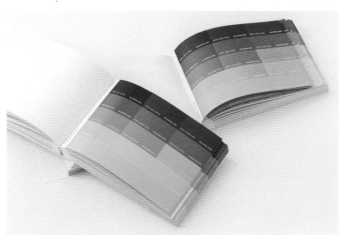

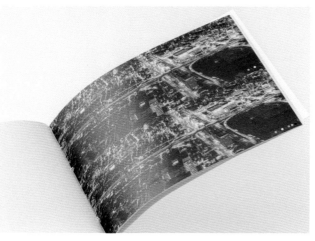

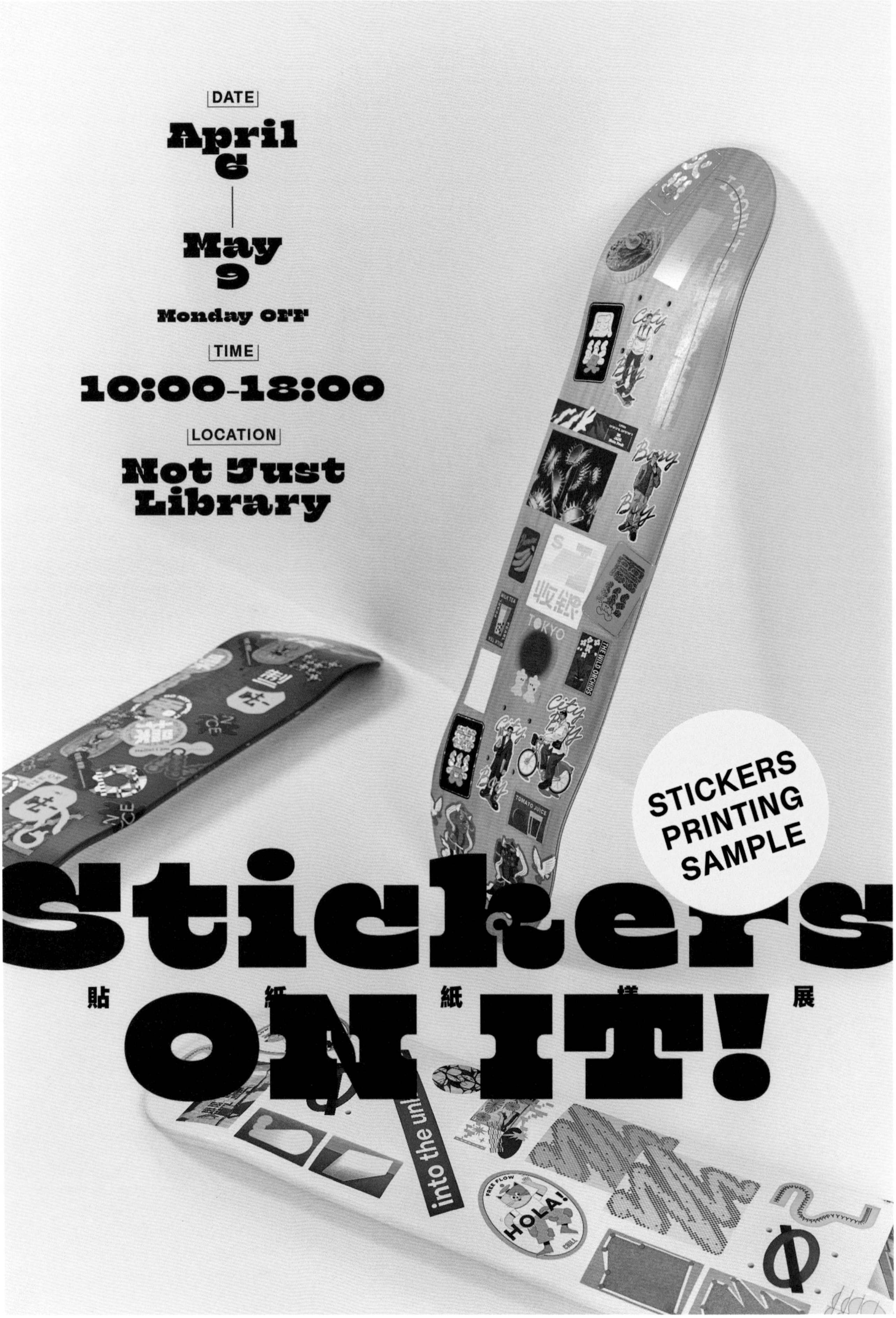

DATE
April
6
—
May
9
Monday OFF

TIME
10:00-18:00

LOCATION
Not Just
Library

STICKERS
PRINTING
SAMPLE

Stickers
ON IT!

貼　　　紙　　　紙　　　樣　　　展

1 銅版紙 四色 | 2 **反銀龍** 四色、白墨 | 3 **霧面珠光紙** 特別色、雷射膜 | 4 **牛皮紙** 四色、白墨、打凸

5 **雷射紙** 特別色、白墨 | 6 **模造紙** 打凸 | 7 **和紙** 四色、白墨 | 8 **亮面珠光紙** 特別色

9 **銀箔紙** 四色 | 10 **金箔紙** 打凸 | 11 **透明 OPP** 特別色、白墨 | 12 **透明 OPP** 四色、白墨

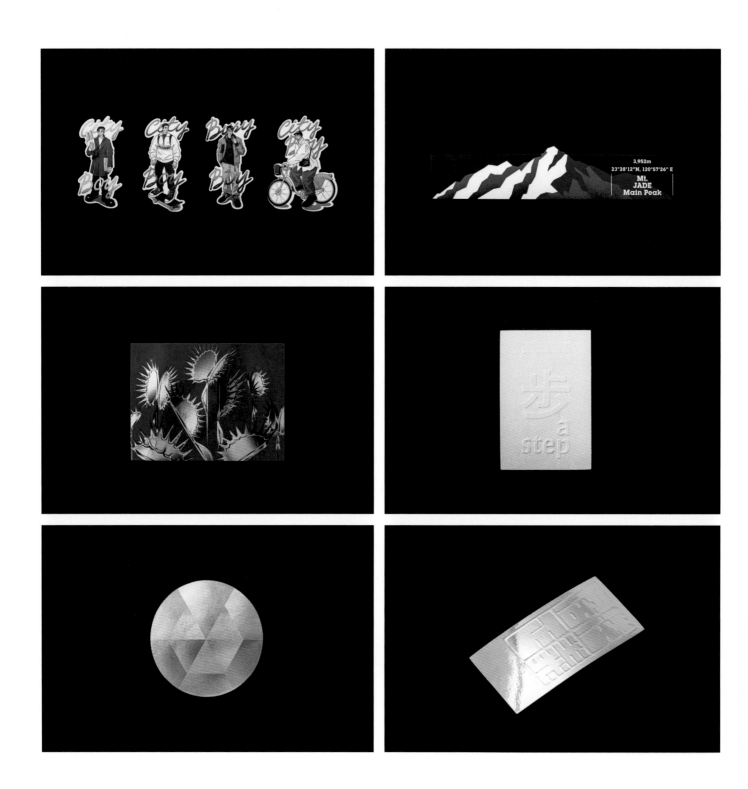

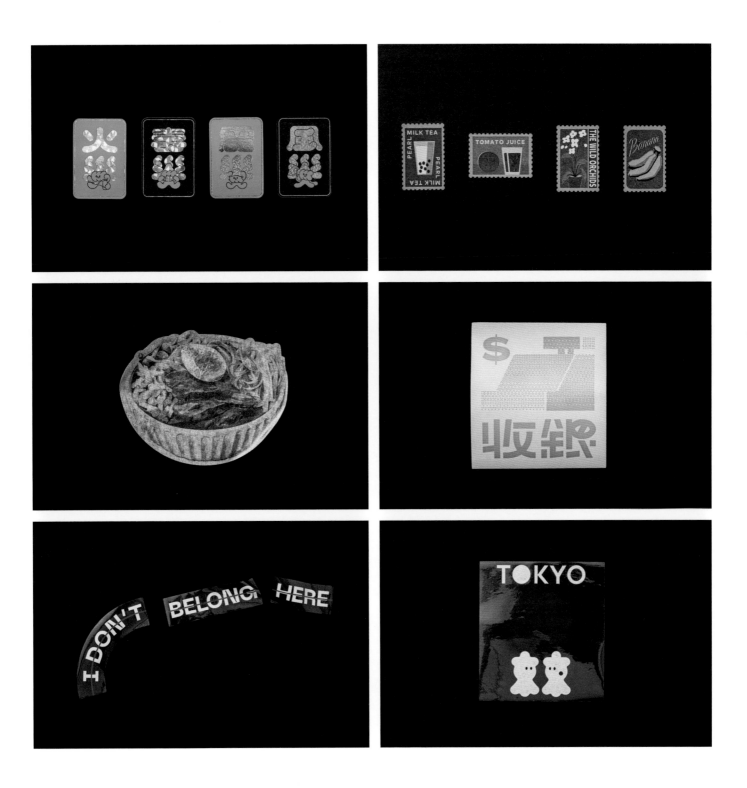

感光油墨印刷

There is a Crack in Everything. That's How the Light Gets in.

#PROUD #PROUD #PROUD #PROUD
#PROUD #PROUD #PROUD #PROUD
#PROUD #PROUD #PROUD #PROUD
#PROUD #PROUD #PROUD #PROUD
#PROUD #PROUD #PROUD #PROUD
#PROUD #PROUD #PROUD #PROUD

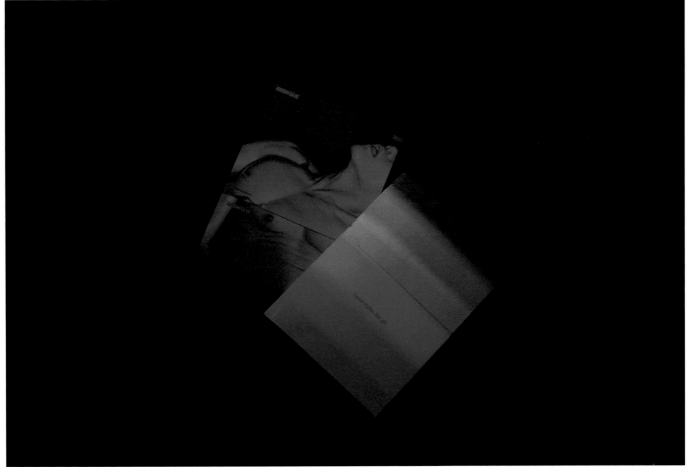

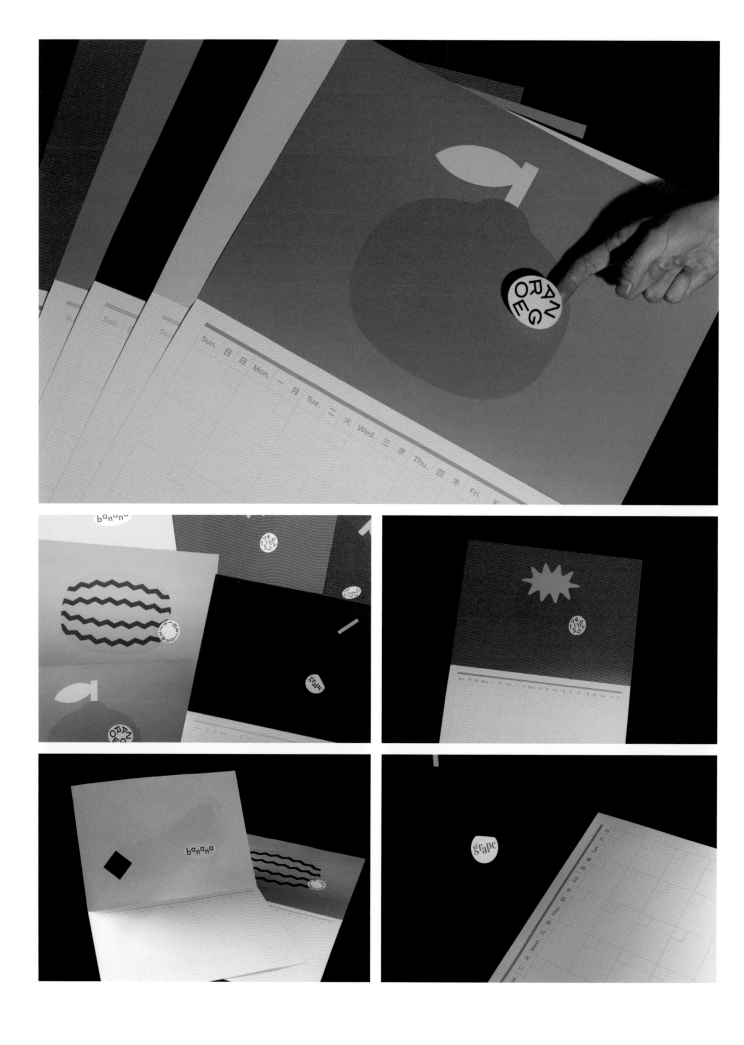

a) goods   周邊商品

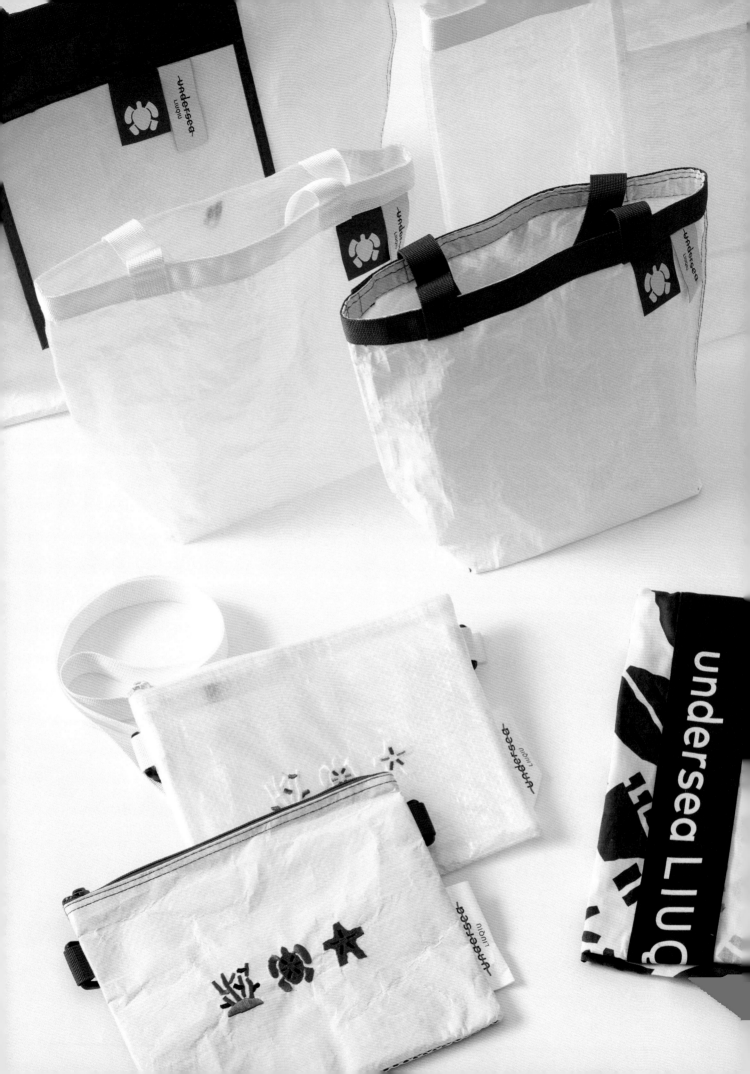

25°00'44.2"N　新北　121°27'55.9"E

NEW TAIPEI

-coat-

Photographer JOSH SHIH Model River Kuo Designed by Neil Tien
TOURISM AND TRAVEL DEPARTMENT

We work hard to make this city where ten
thousand people would come visit for one
hundred times, instead of one which a million
people would only visit once.

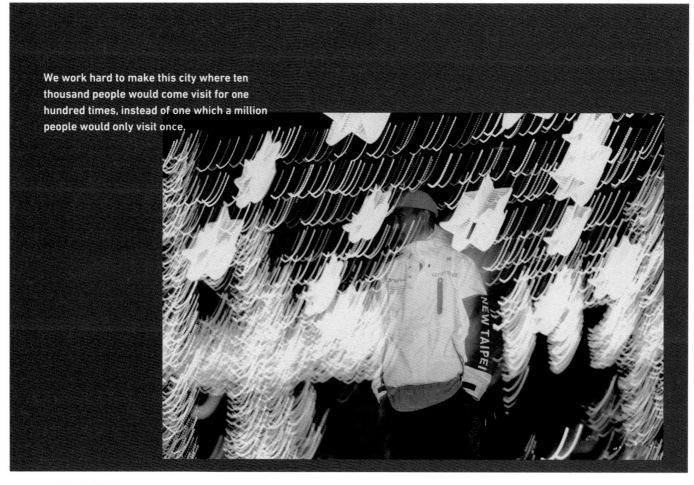

Hello:
お元気ですか
安녕하세요

side

観光

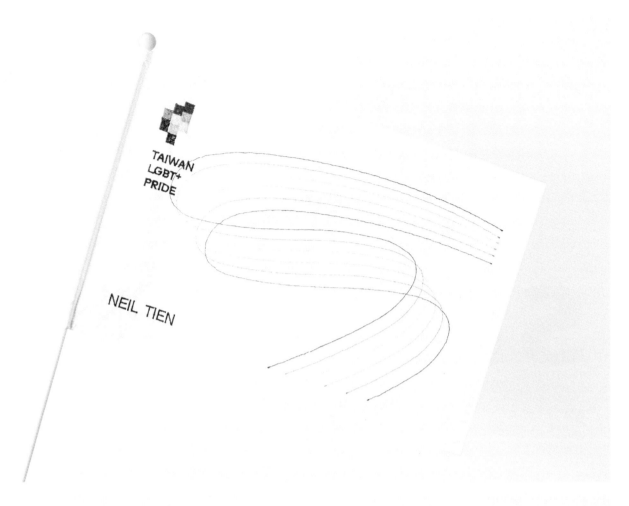

TAIWAN
LGBT+
PRIDE

NEIL TIEN

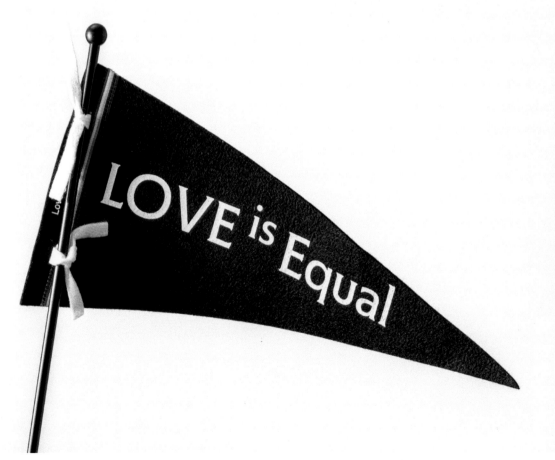

ALL MONEY
BACK ME HOME.

北港
武德宮

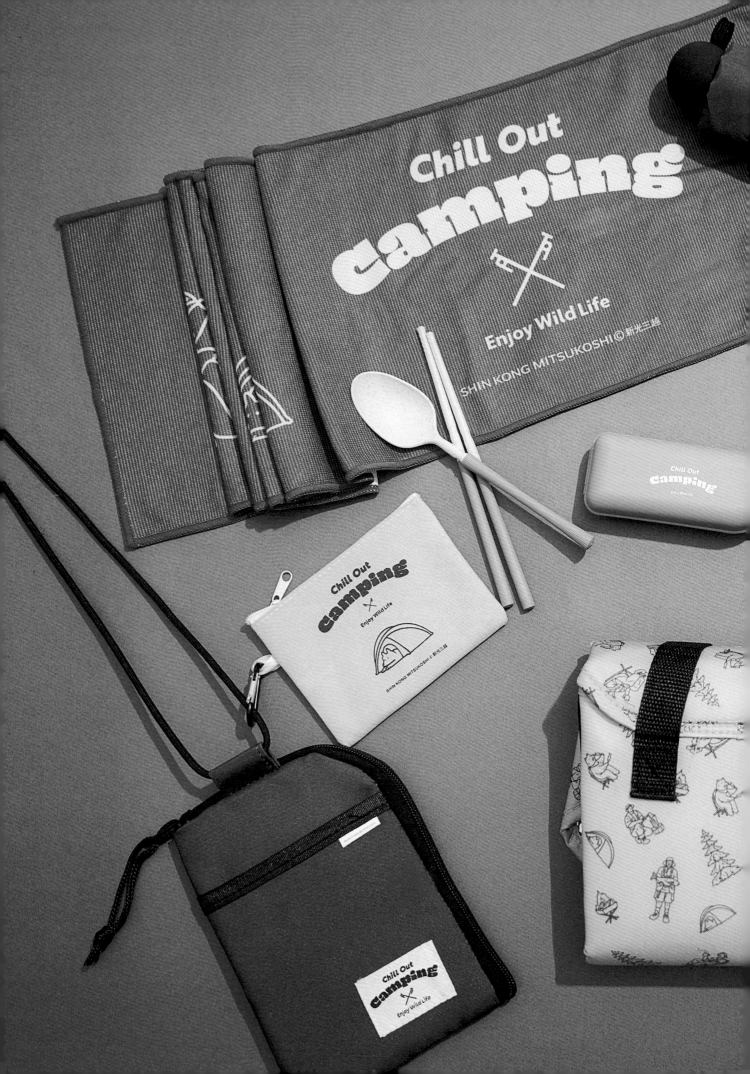

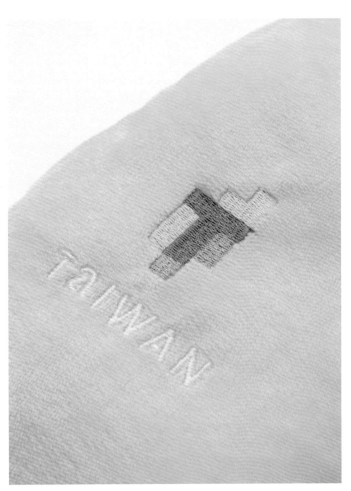

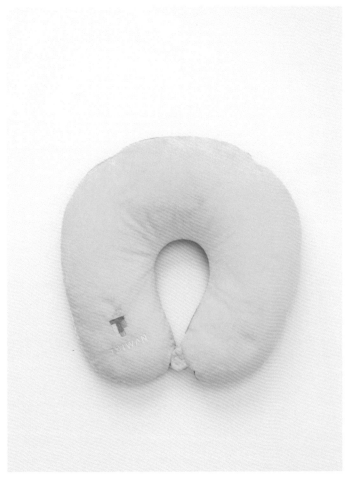

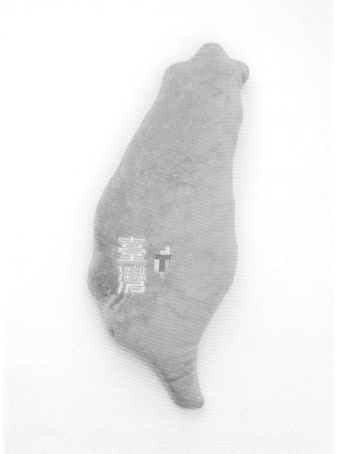

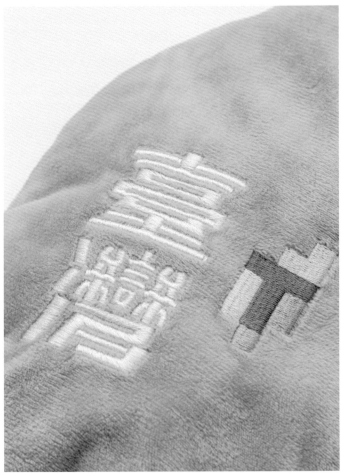

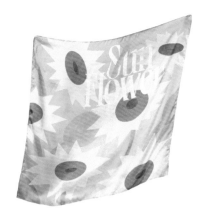

The Day of Flowers

PLANET
PROGRAM

MISSION TOOL KIT:
1. HOMESICK ENVELOPE
2. SPACE JOURNAL
3. UNKNOWN CREATURE CARDS
4. SPACESHIP STICKERS

MƎOW

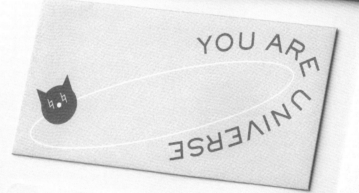

YOU ARE UNIVERSE

SPACE

MEOW MEOW

MEOW

太 空 備 忘 記

記得把人生寫上，才能成為回憶

(an) exhibition   展覽

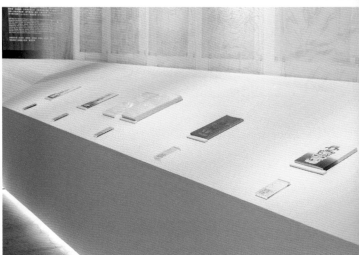

天書黃金屋 House of Religious Books

關聖帝君——線圈裝 (上下翻掛曆式)
巧聖先師——裸背線裝
註生娘娘——車線裝
玉皇大帝——經書摺
玄天上帝——穿線膠裝
保生大帝——PUR 膠裝（便條）

以 12 位神明的特質呼應書籍裝幀的類別，向大眾介紹書籍裝幀常見的分類形式。
田都元帥——卡式精裝 方背｜流蘇
觀世音菩薩——法式膠裝 天然麻布｜壓克力：1 公分厚
神農大帝——古線書裝
文昌帝君——一般膠裝
至聖先師——圓背精裝
媽祖——穿線膠裝包書背紙（電繡）

未來壽司 Future Sushi

以新鮮的生魚片與保存較久的罐頭,兩個矛盾的放在一起,未來若繼續漠視塑膠微粒及海洋迫害,2048 年我們將沒有海洋的新鮮食物可以再吃。作品是以反諷的形式,提醒大家對海洋環境的愛護。

人生紀念品 MEMOIRS OF LIFE

人生中有許多珍貴的回憶，這些回憶可能透過一些際遇留存下來。在斷捨離的潮流趨勢下，我們開始思考自己真正需要保留的東西是什麼。對於許多人來說，重要的紀念品不一定是價值昂貴的物品，而是那些充滿情感和回憶的物品。

可能是在某個重要的日子收到的花，讓你想起了某些時刻；可能是和寵物陪伴，在人生裡的一段時光；可能是在樹下一起望著天空的那天下午；可能是在獲得獎項被肯定的時刻，也可能是依舊想念的家鄉道味，這些物品不僅讓你回憶起過去的美好時光，也能夠讓你更感受到那些經歷真實性和重要。

重要的是，留下這些紀念品並不是要填滿你的家，而是讓你在未來的某一天拿起它們時，能夠感受到那份特別的情感和回憶。

你人生中最重要的紀念品是什麼？

「人生紀念品」展覽邀請各領域設計師重新詮釋自身或受訪者的人生故事，透過設計手法將故事濃縮淬煉成一件件紀念品，引領觀者從設計作品中品味各種人生故事的酸甜滋味，展覽也邀請知名設計師及文字工作者分享影響他們人生的重要紀念品，期待民眾從第三者角度閱讀他人故事的同時，也回想起一些人生值得紀念的片段，讓記憶中的故事因為展覽有新一層的體會及滋味。

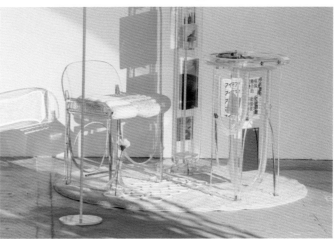

Tree of Life——V&J 陳亞琦 Val Chen、陳亞筑 Joy Chen、助手 陳建廷

打包味覺 Wrapping the Taste——a better office 王鈇麒｜NEUNEUHUANG Co. 黃婕｜OUT OF OFFICE 梁巨璟｜一件設計 曾國展｜見本生物盧翊軒｜胡泰源

寵壞穿搭 Pet & Owner Match——服裝：FUSIOFUSIO 洪福伸、劉晉宇｜模特：Owen & Dragon｜Shuian & UOMO｜Lukas & Maru｜攝影：Tzuyin Chiu｜髮型：Erik

親愛的你啊 A Part of You——早起設計 黃苡蓁、官佩薴｜飼主：Dyin Li、Kuan、Yan、Zoe Sun、何田田、張嘉年｜其他訪談者：Apple Liu、Mia、Caisiou Lia、林姿吟、官大裕、彭泰盛

讓我們頒發 Let's Award——製所設計 張擎宇、蕭銘緯、楊雅婷、洪靜茹

花的紀念日 The Day of Flowers——(a) step 一步 田修銓、胡祐銘、顏暐倫、王信淳

Foxxxxil——KhooKG

ProFile——朱品叩、周天亮

冰淇淋公路旅行 Ísbíltúr——林弘韜 Hung-Tao Lin

人生紀念品 Memoirs of Life——Bebo H、HOUTH 何婉君、KhooKG、Lion、Lukas、Shuian、Tzuyin Chiu、王鈇麒、田修銓、朱品叩、周天亮、吳東龍、林弘韜、洪福伸、陳亞琦 Val Chen、陳亞筑 Joy Chen、張擎宇、黃苡蓁、黃梵真、黃順奇、黃銘彰、黃薔、暐杶 Goli CHEN、賴采秀 CAISIOU、動物電台 動物溝通師 品

主視覺攝影——日一影像

策展人——(a) step 一步｜展場設計——草原事務所｜展場執行——樂誠創意｜文案翻譯——Eddy

特別感謝——眠豆腐、黃銘彰、文鼎字型、漢律谷廣告、韋匠陶藝工房、植人手作、變色雲、日宏印刷、士宸實業社、美角 MeiGa 盧瑞春、印研所、捷印網、匠一食品模型製作所、final_final

兒童
\ grow up /

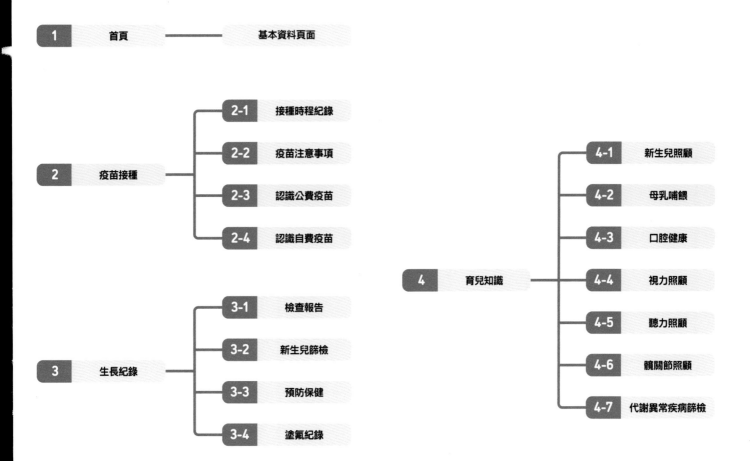

身高 **83** cm 體重 **10.4** kg 年齡 **1歲3個月**

過去病史 蕁麻疹 ∨ 藥物過敏 青黴素 ∨

近期就醫紀錄
2023.10.23 兒童醫院-兒童牙科 ∨

回診通知
● 2023.11.03 兒童醫院-疫苗預約
● 2023.11.15 兒童醫院-耳鼻喉科

行動掛號 | 進度查詢 | 掛號紀錄

2023. 03. 01
2023.03.01
預約塗氟 每半年免費一次
附近診所 兒童醫院
10 ∨ 月 04 ∨ 日 08:15
確認預約

09:41
接種時程紀錄 疫苗注意事項 認識公費疫苗 認識自費疫苗

五合一疫苗 已預約
適合接種年齡：出生滿2個月～滿18個月
施打進度
滿2個月 | 滿4個月 | 滿6個月 | 滿18個月

麻疹腮腺炎德國麻疹 立即預約
適合接種年齡：出生滿12個月、滿5歲至入小前
施打進度
滿12個月 | 滿5歲至入國小前

A型肝炎疫苗 尚未完成
適合接種年齡：出生滿12-15、18-21個月
施打進度
滿12-15個月 | 滿18-21個月

B型肝炎疫苗 完成接種
適合接種年齡：出生24小時內儘速接種
施打進度

兒童
\ grow up /

請輸入身分證字號
密碼
登入 | 申請帳號
忘記密碼？

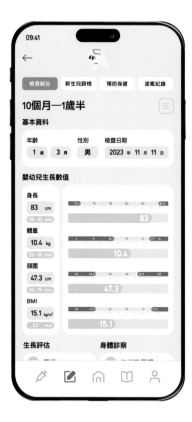

09:41
檢查報告 新生兒篩檢 預防保健 塗氟紀錄

10個月—1歲半
基本資料
年齡 **1**歲**3**月 性別 **男** 檢查日期 2023年11月11日

嬰幼兒生長數值
身長 **83** cm
85 - 95 term **83**
體重 **10.4** kg
25 - 50 term **10.4**
頭圍 **47.3** cm
50 - 75 term **47.3**
BMI **15.1** kg/m²
63 term **15.1**

生長評估 身體診察

09:41
接種時程紀錄 疫苗注意事項 認識公費疫苗 認識自費疫苗

麻疹腮腺炎德國麻疹混合疫苗 ∨

日本腦炎疫苗 ∧

● 活性減毒日本腦炎疫苗
一般可能有注射部位疼痛、紅、腫;少數於接種後3-7天出現輕微或中度全身無力、肌痛、易怒、食慾不振、發燒、頭痛等症狀，會在數天內恢復。至於嚴重過敏、昏睡或痙攣等症狀則極為罕見。如上述症狀持續未獲改善，應儘速就醫處理。

● 不活化日本腦炎疫苗
一般少有特別反應。偶爾會出現注射部位疼痛，輕微發燒、腹瀉、類流感症狀 等症狀。

白喉破傷風非細胞性百日咳及
不活化小兒麻痺混合疫苗 ∨

流感疫苗 ∨

13 價結合型肺炎鏈球菌疫苗 ∨

09:41
檢查報告 新生兒篩檢 預防保健 塗氟紀錄

○ 一歲以下禁止使用枕頭。
○ 睡眠地方(床鋪)表面須堅實。
○ 與嬰兒同室但避免同床(含沙發或墊子)。
○ 嬰兒床避免有鬆軟物件或防撞護墊(床圍)。
○ 若使用拉起式嬰兒床欄，應注意欄杆墜落，造成夾傷或窒息，且欄杆間距不可超過6cm。
○ 寶寶身上或身邊勿有任何懸線。
○ 避免會劇烈搖晃孩童頭頸之動作或遊戲。
○ 乘車應使用嬰兒用後向式安全座椅。
○ 避免使用機車或自行車搭載寶寶。

育兒知識

有關寶寶常見的健康小狀況等衛教資訊都能找到解答唷！

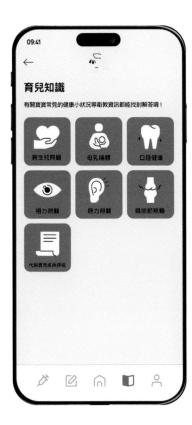

新生兒照顧	母乳哺餵	口腔健康
視力照顧	聽力照顧	髖關節照顧
代謝異常疾病篩檢		

出生 2 個月

- 是否有通過新生兒聽力篩檢
- 巨大的聲響會使孩子有驚嚇的反應
- 淺睡時會被大的說話聲或噪音干擾而扭動身體

3 個月 — 6 個月

- 說話時，偶爾發出咿咿唔唔的聲音或眼神接觸
- 餵奶時，會因突發的聲音而停止吸奶
- 哭鬧時，聽見媽媽的聲音會安靜下來
- 會對一些環境中的聲音表現出興趣

7 個月 — 12 個月

口腔及乳牙保健紀錄

數字為萌發順序，由牙醫師檢查及紀錄寶生長日期。

上顎

下顎

下顎齒犬 萌發歲數 1歲大6個月 ± 3個月

1 歲	4 個月	1 月	12 日

2023.04.31 已於兒童醫院 田醫師 完成填寫 ✓

正確抱寶寶的方式

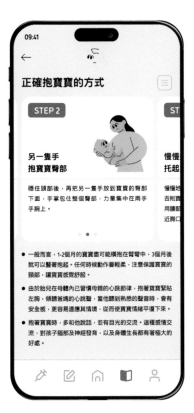

STEP 2

另一隻手抱寶寶臀部

穩住頭部後，再把另一隻手放到寶寶的臀部下面，手掌包住整個臀部，力量集中在兩手手胸上。

- 一般而言，1-2個月的寶寶盡可能橫抱在臂彎中，3個月後就可以豎著抱起。任何時候動作要輕柔，注意保護寶寶的頸部，讓寶寶感覺舒服。
- 由於胎兒在母體內已習慣母親的心跳節律，抱著寶寶緊貼左胸，傾聽爸媽的心跳聲，當他聽到熟悉的聲音時，會有安全感，更容易適應其情境，從而使寶寶情緒平復下來。
- 抱著寶寶時，多和他說話，並有目光的交流。這種感情交流，對孩子腦部及神經發育，以及身體生長都有著極大的好處。

護眼行動備忘錄

依據實證顯示長時間近距離用眼為近視危險因子，充足的窒外活動時間為保護因子，要從小為孩子建立近視防治的生活型態，包含：

下課時間務必走出教室外活動，讓眼睛休息至少10分鐘

安全睡眠環境

- 床鋪表面必須整齊平整，外表包裹確實平整。

母乳介紹

母乳是嬰兒最好的食物來源，為了使媽媽和寶寶健康，母親在哺餵母乳期間應注意飲食均衡。母乳哺育可以降低腹瀉及肺炎等疾病的發生率，減少過敏性疾病及成人期心臟血管疾病的發生率。哺育母乳的媽媽產後身材恢復較快，罹患乳癌及卵巢癌的機率也較低。國民健康署建議純母乳哺育6個月，之後必須添加適當副食品，持續哺餵母乳到2歲或2歲以上。

母乳及營養	⌄
剛出生寶寶的胃容量	⌄
如何哺餵母乳	⌄

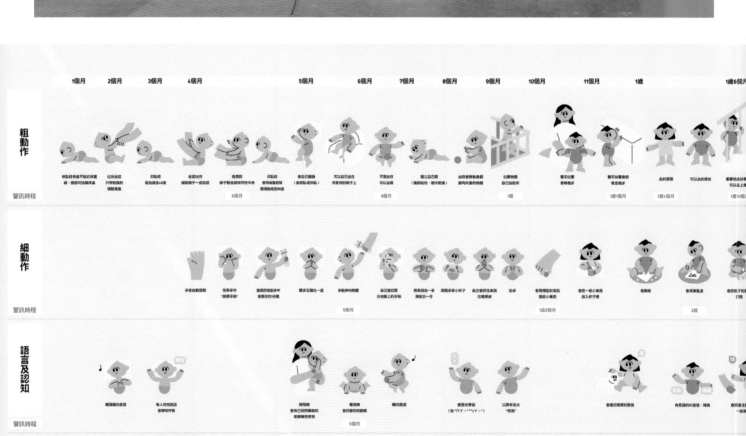

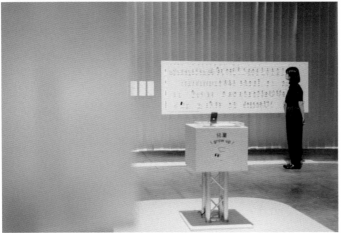

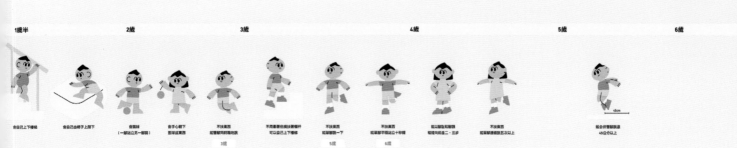

(a) credit

(a) branding
企業、活動形象品牌識別

高雄設計節—為市政設計
高雄輕軌服務體驗實驗計畫
Client—高雄設計節、駁二藝術特區、高雄捷運局
D—田修銓、王信淳、顏暐倫、胡祐銘、陳逸芸、宋政傑
MD—王信淳
Character Design—陳宇宙
Year—2017

防災
Client—台灣設計研究院
D—田修銓、胡祐銘、顏暐倫、王信淳、潘岳麟
Year—2020

微笑山線
Client—新北市政府觀光旅遊局
D—田修銓、胡祐銘、顏暐倫、王信淳
Year—2022

JUJI
Client—走著瞧金融科技股份有限公司
D—田修銓、胡祐銘、顏暐倫、王信淳
PM—Jefu
Year—2023

HOKI
Client—Jubi
D—田修銓、胡祐銘、顏暐倫、王信淳
Year—2023

文化幣（提案）
Client—文化部
D—田修銓、顏暐倫、王信淳
MD—余鐵非
Year—2023

淡海輕軌
Client—新北市政府觀光旅遊局、新北捷運局
D—田修銓、胡祐銘、顏暐倫
P—Josh_Shih
Model—沈倢宇
Year—2018

鄭文燦選舉識別
Client—鄭文燦競選總部
D—田修銓、胡祐銘、顏暐倫
MD—鄭凱文、徐光慧
Year—2018

沈慧虹選舉識別
Client—沈慧虹競選總部
D—田修銓、胡祐銘、顏暐倫、王信淳
P—單點影像
MD—鄭凱文、宋政傑
Year—2022

臺灣國際熱氣球嘉年華
Client—臺東縣政府交通及觀光發展處
D—田修銓、顏暐倫
MD—謝博翰
Year—2021

臺灣國際衝浪公開賽
Client—臺東縣政府交通及觀光發展處
D—田修銓、顏暐倫
MD—王信淳
Year—2021

graphicTAIWAN
D—田修銓、胡祐銘、顏暐倫、王信淳、許賀鈞
MD—王信淳
Year—ing

(a) sign system
符號及指標

資源回收
D—田修銓、顏暐倫、王信淳
Year—2023

嘉義城市指標
Client—嘉義市政府、平凡編集工作室
D—田修銓、顏暐倫、王信淳
MD—謝博翰
SD—王文星
ST—張超傑
Year—2021

DoMo Hotel
Client—DoMo
D—田修銓、顏暐倫
Year—2018

健身魂 Soulfit
Client—健身魂
D—田修銓、顏暐倫
Year—2018

JellyJelly
Client—JellyJelly
D—田修銓、胡祐銘
Year—2018

煌奇石業
Client—台灣設計研究院、煌奇石業
Interior Design—草原市務所
D—田修銓、顏暐倫、王信淳
Year—2023

運動中心動態指標
D—田修銓、顏暐倫、王信淳
MD—二樓設計
Year—2023

(a) visual
活動視覺

追火車馬拉松
Client—台北郵局、台灣鐵路局
D—田修銓、胡祐銘、顏暐倫
P—Josh_Shih
Model—沈倢宇、Daniel
Year—2018、2019

鐵路便當節
Client—台北郵局、台灣鐵路局
D—田修銓、胡祐銘、顏暐倫
Year—2017、2018

高雄餐盤發見計畫
Client—GQ、高雄市政府觀光局
D—田修銓、胡祐銘、顏暐倫
Year—2022

青春設計節
Client—駁二藝術特區
D—田修銓、顏暐倫
Roduction—空集設計 Nulls Design
Director—徐光慧
Storyboard Designer—徐光慧
Styleframe Designer—宋政傑
MD—徐光慧、鄭凱文、拉瓦
Year—2019

潛行台灣 海灣旅遊年
Client—台灣觀光局 香港辦事處
D—田修銓、胡祐銘
Year—2018

台灣小鎮漫遊
Client—台灣觀光局 香港辦事處
D—田修銓、胡祐銘、顏暐倫
Year—2019

台灣生態旅遊年
Client—台灣觀光局 香港辦事處
D—田修銓、胡祐銘、顏暐倫
Year—2017

城市野營
Client—GQ
D—田修銓、胡祐銘、顏暐倫
Year—2022

學校午餐廚房 推動偏鄉學校中央廚房計畫
Client—行政院
D—田修銓、胡祐銘、顏暐倫
Year—2022

TeaWave 新芳春茶行
Client—劉真蓉
D—田修銓
Year—2020

海底市場 undersea Market
Client—駁二藝術特區
D—田修銓、胡祐銘、顏暐倫
P—Joshmonkey
Year—2020

未來壽司
Client—駁二藝術特區
D—田修銓、胡祐銘、顏暐倫
P—Joshmonkey
Year—2020

這。不會考 2：疾病擬人展
Client—駁二藝術特區
D—田修銓、王信淳
I—蚩尤、羅培珊、ALOKI、Say HANa
Year—2021

疫喵
Client—駁二藝術特區
D—田修銓、胡祐銘
Year—2021

廣三 SOGO 週年慶 25th 視覺
Client—廣三 SOGO
D—田修銓、胡祐銘、顏暐倫、王信淳
Year—2020

愛這世界
Client—孩子的書屋
D—田修銓、胡祐銘
Year—2023

無限視界
Client—新北市文化局
D—田修銓、胡祐銘、顏暐倫、王信淳
Year—2023

(a) package
包裝設計

郭元益 文字系列
Client—郭元益
D—田修銓、顏暐倫
Year—2017

郭元益 迷你系列
Client—郭元益
D—田修銓、胡祐銘、顏暐倫
Year—2019

郭元益 鳳梨酥系列
Client—郭元益
D—田修銓、胡祐銘、顏暐倫、王信淳
Year—2022

郭元益 一片台北
Client—郭元益
D—田修銓、胡祐銘、顏暐倫、王信淳
Year—2022

郭元益 濃厚系夾心奶酥
Client—郭元益
D—田修銓、胡祐銘、顏暐倫、王信淳
Year—2023

金來 燒酎
Client—天賜糧源
D—田修銓、顏暐倫
Year—2023

橙雪
Client—台酒
D—田修銓
Year—2023

阡陌一舍 咖啡豆
Client—阡陌一舍
D—田修銓、顏暐倫
Year—2023

BUDDHA TEA HOUSE
Client—吉祥草茶館
D—田修銓
Year—2020

丸竹
Client—丸竹
D—田修銓
Year—2016

新茶世代
Client—阡陌一舍
D—田修銓、胡祐銘、顏暐倫
Year—2018

究匠漬 酵素
Client—農純鄉
D—田修銓、顏暐倫
Year—2022

椿花堂
Client—椿花堂
D—田修銓、顏暐倫
Year—2020

媽祖ㄟ疼惜
Client—農純鄉
D—田修銓、胡祐銘、顏暐倫、王信淳
Year—2021、2022

Type of colors
D—田修銓、顏暐倫
3D—徐光慧
Year—2021

(a) advertising
形象廣告｜宣導海報

台北捷運宣導海報
Client—台北設計之都
D—田修銓、林志恆、徐子凡
MD—洪鈺堂
Year—2016

新北市政府青年局 形象海報
Client—新北市政府青年局
D—田修銓、顏暐倫
P—Joshmonkey
Year—2016

出發吧！津山
Client—黑潮文化
D—田修銓、顏暐倫
P—鄭弘敬
Year—2018

the NEXT PAGE of NEW TAIPEI CITY
Client—新北市政府觀光傳播局
D—田修銓、顏暐倫
P—Josh_Shih
Year—2019

可不可以你也剛好喜歡我
Client—馬棋朵數位影像製作有限公司
D—田修銓、胡祐銘
Year—2020

鳳姐
Client—馬棋朵數位影像製作有限公司
D—田修銓、顏暐倫
Year—2023

(an) album
專輯設計

玩弦四度—《Miraculous》
Client—玩弦四度
D—田修銓
Year—2016

丘沁偉—《二號病房》
Client—丘沁偉
D—田修銓
P—KRIS KANG
Year—2016

阿超—《媽媽便當》
Client—阿超
D—田修銓
做便當—dato、Wiz
Year—2017

WoodyWoody—《2 的 N 次方》
Cilent—WoodyWoody
D—田修銓
Year—2016

吳青峰—《馬拉美的星期二》專輯
Client—哈里坤的狂歡、環球唱片
D—田修銓
P—zhonglin
Hand Writing—吳青峰
Year—2022

吳青峰—《馬拉美的星期二》黑膠
Client—哈里坤的狂歡、環球唱片
D—田修銓
P—zhonglin
Hand Writing—吳青峰
Year—2023

島嶼傳燈人
Client—中華文化總會
D—田修銓
Year—2019

《做工的人》數位封面＆實體專輯
Client—華研
D—田修銓、胡祐銘
Year—2020

saying I LOVE YOU in a POSTROCK WAY
Client—高亭誼
D—田修銓
I—邱紹琦
Year—2017

阿超—《台北》
Client—阿超
D—田修銓
P—KRIS KANG
Year—2018

正皓玄—《第二夢想》
Client—Harvest Internatrional Media Co.,Ltd
D—田修銓
Year—2017

光良—《九種使用孤獨的正確方式》
Client—星娛娛樂
D—田修銓、胡祐銘、陳柏軒
P—黃義文
Year—2020

脆樂團—《愛是我們必經的辛苦》
Client—好多音樂
AD—盧翊軒
D—田修銓、王信淳
Year—2023

這群人—《共同記憶體》
Cilent—這群人
D—田修銓、顏暐倫、王信淳
Year—2020

陳宜蓁—《最後的綻放 蕭邦，最後的歲月》
Client—高亭誼
D—田修銓、胡祐銘
Year—2021

《第五道浪》
Client—孩子的書屋
D—田修銓、胡祐銘、顏暐倫、王信淳
Year—2023

光良—《絕類》
Client—星娛娛樂
D—田修銓、陳柏軒
P—周墨
Year—2020

玩弦四度—《新生》
Client—玩弦四度
D—田修銓、胡祐銘
Year—2022

又仁《阿娘尾牙》數位封面
Client—又仁
D—田修銓
Year—2018

林弘韜—《冰淇淋公路旅行》
Client—林弘韜
D—田修銓、顏暐倫、胡祐銘
Year—2023

蓋兒 Gail—《無法掩蓋》
Client—亞神音樂
D—田修銓、顏暐倫
Year—2023

(a) book&layout
書封及內頁編排設計

台北挑剔指南
Client—時報文化
D—田修銓、邵名浦
I—陳宛昀
Year—2017

編輯這種病
Client—時報文化
D—田修銓、顏暐倫
Year—2021

Instant/Film：周信佐寫真
Client—尖端出版
D—田修銓
P—曾崇倫
Year—2021

NO.GINO
Client—尖端出版
D—田修銓
P—XXDanieL
Year—2022

漫畫歌文字體的世界：
零基礎秒懂，像認識新朋友一樣，入門 25 種經典字體
Client—原點出版社
D—田修銓、顏暐倫
Year—2020

萬能打工雞：奧樂雞的大逃亡
Client—大塊文化
D—田修銓、顏暐倫
Year—2019

不在一起不行嗎？
Client—原點
D—田修銓
Year—2021

膽小別看畫 I II III IV
Client—時報文化
D—田修銓、顏暐倫、王信淳
Year—2021

乾杯行事曆
Client—乾杯集團
D—田修銓、胡祐銘、顏暐倫、王信淳
Year—2020

膚下之血：亞歷山大 · 麥昆，一位天才設計師的誕生
與殞落
Client—時報文化
D—田修銓、胡祐銘
Year—2017

華航 CSR 企業社會責任報告書
Client—中華航空
D—田修銓、顏暐倫
I—胡祐銘
Year—2017/2019/2021

國文課本
Client—南一書局、美感教科書
D—田修銓、顏暐倫、王信淳
Year—2022

風起臺灣 Be Sky Taiwan：
我想從老鷹的背上俯瞰全世界，發現臺灣
Client—大塊文化
D—田修銓、胡祐銘、顏暐倫
Year—2020

起行台南
Cilent—平凡編集
D—田修銓、胡祐銘、顏暐倫、王信淳
Year—2020

花蓮縣聯絡簿
Client—花蓮縣文化局、美感教科書
D—田修銓、顏暐倫、胡祐銘、王信淳
Year—2023

東京再發現 100+：吳東龍的設計東京品味入門指南
Client—時報出版
D—田修銓、顏暐倫、王信淳
I—胡祐銘
Year—2023

(a) DM / card
摺頁、卡片

金馬邀請卡
Client—金馬執行委員會
D—田修銓
Print—小福印刷
Year—2018

高流文宣摺頁
Client—高雄流行音樂中心
D—田修銓、顏暐倫
Year—2018

總統府紅包、賀卡 牛年
Client—總統府
D—田修銓、胡祐銘、顏暐倫、王信淳
Year—2020

台灣有力 虎力福氣
Client—總統府
D—田修銓、胡祐銘、顏暐倫
Year—2021

臺東縣政府賀卡
Client—臺東縣政府、Plan b
D—田修銓、胡祐銘
Year—2019

HOPE
策展單位—選選研
Client—駁二藝術特區
D—田修銓、胡祐銘
Year—2022

(a) print
印刷加工與紙張樣本

開數表
D—田修銓、王信淳、有樂
Year—2016

beshasha 印刷白 樣本
D—田修銓、陳坤聖
Year—2017

kishishi 印刷金 樣本
D—田修銓、陳坤聖
Year—2016

omama 印刷黑 樣本
D—田修銓、徐毅驊
Year—2016

元素紙樣
D—田修銓、盧翊軒
P—富友印刷
Year—2016

里紙紙樣
D—田修銓
P—富友印刷
Year—2017

天上聖母六十甲子籤
D—田修銓
解籤—游適宏
日文翻譯—設計發浪
Print—富友印刷
Year—2014

觀世音菩薩 燙透紙
D—田修銓、胡祐銘
Print—富友印刷
Year—2016

天上聖母 電繡版
D—田修銓、胡祐銘
Print—富友印刷
Year—2016

CMYKOGV 七色演色表
D—田修銓、王信淳
Print—高源印刷
Year—2020

Stickers ON IT! 貼紙展
D—一步工作室、HOUTH、製所
Print—杰隆印刷
Year—2021

成為光 感光油墨
D—田修銓、胡祐銘
Print—九水印刷
Year—2022

Equal right for all 紫外線印刷
D—田修銓
Print—九水印刷
Year—2019

監視紫外線海報 X 饒志威
D—田修銓
P—饒志威
Print—九水印刷
Year—2019

香味印刷水果月曆
D—田修銓、顏暐倫
Print—九水印刷
Year—2019

(a) goods
周邊商品

undersea
Client—MEIGA 美角生活
D—田修銓、顏暐倫、胡祐銘、王信淳
Year—2020-2023

新北制服外套
Client—新北市政府觀光傳播局
D—田修銓
P—Josh_Shih
Year—2018

彩虹旗子／啤酒袋／徽章
D—田修銓

PEXUP 內褲
Client—PEXUP
D—田修銓、胡祐銘
Year—2018

fng ✕台北霞海城隍廟
fng ✕北港武德宮武財神
Client—fng
D—田修銓、胡祐銘、顏暐倫
Year—2023